99세
하루 한마디

무노 다케지 지음 | 김진희 옮김

일러두기

1. 이 책은 국립국어원 외래어 표기법에 따라 외국 지명과 인명 및 상호명을 표기하였다.

2. 본문 중 주석은 괄호로 묶어 작은 글자로 표기하였다. 역자의 주석은 '역자주'라고 표시하였고, 그 밖의 것은 저자의 주석이다.

3. 서적 제목은 겹낫표(『 』)로 표시하였으며, 그 외 인용, 강조, 생각 등은 따옴표를 사용하였다.
   예) 『라이프LIFE』, 『다이마쓰 16년』, 『넝마를 깃발 삼아』, 『내일을 향한 절창 - 이상과 정열』

4. 이 책은 산돌과 Noto Sans 서체를 이용하여 제작되었다.

저자의 바람

 이 책을 손에 든 당신은 말할 것도 없이 제 친구입니다. 이 책을 당신의 친구로 삼아주세요. 이 책이 있어야 할 곳은 책장이 아닙니다. 평소에 자주 입는 옷의 주머니 속, 작업복이나 교복의 주머니 속, 생활 현장의 어딘가 한쪽 구석에 있는 게 어울립니다.

 저자인 제가 감히 말씀드리지만, 이 책 속에는 그야말로 인생의 진리와 역사적 증언이라고 할 수 있는 말들이 담겨 있다고 확신합니다. 그와 동시에 모순이고 왜곡이며 편견이라고 비난받을 만한 말도 담겨 있습니다. 당연합니다. 아직 살아 있는 한 인간의 생생한 삶에서 나온 말이니까요. 만약 그런 문장을 발견하였다면 당신 본인의 말로 사방팔방에서 비판하여주십시오.

 저의 바람을 반복하여 말씀드립니다. 이 책을 걸레나 총채, 수세미나 칫솔과 같이 이용하여주십시오. 개인 생활과 사회생활에 묻어 있는 오염물과 드리워져 있는 그림자를 깨끗하게 닦아내는 데 써주십시오. 생활환경을 구석구석 깨끗하게 정화하면 사람은 반드시 큰 소리로 자신의 목소리를 낼 수 있게 됩니다. 그리고 서로에게 힘이 되고 서로 연결되어서 기쁜 메아리를 만들어나가게 됩니다.

저는 이 책을 지팡이 삼아 라이프(생명, 생활, 생애)를 배우는 삶이라는 마지막 학교에 다녔습니다. 초등학교부터 도쿄외국어학교까지 15년간 결석 한 번 하지 않고 개근하였으므로 이번에도 사망하여 결석하게 될 때까지 쉬지 않고 열심히 공부할 생각입니다. 통학하는 길에 어딘가에서 마주치면 이 할아버지에게 꼭 말을 걸어주세요.

목차

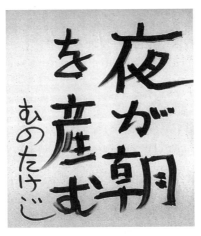

夜が朝を産む　むのたけじ

밤이 아침을 낳는다 - 무노 다케지

겨울 학기
- 밤이 아침을 낳는다

1월 1일

기도할 거면 자신에게 기도하라.

세전함에 돈을 넣을 바에야 자신에게 주어라.

자신을 잘 돌보아라.

자신이야말로 일체 모든 것의 원점이다.

1월 2일

무언가를 바란다면 바람에 어울리는 행동을 하라. 무언가를 부탁할 거면 부탁에 어울리는 행동을 하라.

몇만 명이 동시에 소원을 비는데 그것을 다 듣고 하나하나 이루어줄 수 있는 사람이 어디에 있을까? 오로지 자신이 잘될 목적으로 돈을 건네는 사람의 소원을 순수히 들어줄 사람이 어디에 있을까?

1월 3일

날 격려해주는 최후의 말은 이것이다.

"이 지구에서 나라는 사람은 여기에 있는 나뿐이야. 그러니까 힘내라!"

자신을 구원할 사람은 다른 그 누구도 아닌 자기 자신이라는 것을 누구나 깨닫는다.

깨닫는 날은 반드시 오지만, 너무 늦다.

1월 4일

수백수천 명 군중 속에서 나는 시종일관 자력으로 홀로 서 있었다. 사람은 다수 가운데 하나의 단위로서 산다. 들어갈 때도 나갈 때도 개체이다. 하나의 개체. 그것이 인간 존재의 의의와 긍지의 근간이다. 그 사실을 서로 아주 많이 소중히 여겨주어야 한다.

1월 5일

혼자서는 역사를 만들 수 없다. 동시에 한 명이 있었기에 역사가 시작되어 진보한 것이기도 하다. 한 명, 한 명, 한 명의 힘.

사람 한 명의 존재, 그 한 명의 힘을 경시하는 자는 인생의 갈림길에서 자신에게 배신당한다.

1월 6일

역사라는 긴 여정에 변화를 가져오는 사건은 때때로 단 한 명의 한순간의 결심으로 발생한다. 그것이 사람이고, 그것이 역사다.

"태양이 지구를 도는 게 아니라 지구가 태양을 돈다!"고 말한 사람도 딱 한 명이었다. 인류는 그 사람을 죽일 뻔하였다. 인류여! 그 사실을 결코 잊지 말고, 한 명을 언제나 소중히 여기자.

1월 7일

안정을 바라고, 변화도 원한다.

하지만 바라는 안정과 원하는 변화가 주어지기만을 바랄 뿐 스스로 만들려고는 하지 않는다.

어린애 같은 습성과 게으름을 극복하는 것, 그것이 인류의 과제겠지.

1월 8일

어린 시절에 주변 어른들이 무슨 일 있을 때마다 하던 말 중에 무척 싫었던 말이 하나 있다.

"우리 같은 놈들이 무슨 말을 하든 세상은 변하지 않아. 작작 떠들고 입 다물어. 튀어나온 못이 얻어맞는 법이니까."

그 말을 들을 때마다 어린 마음에도 무어라 형용할 수 없는 한심함과 슬픔과 '우리는 달라! 두고 봐!!'라는 분노를 느꼈고 이를 악물었다. 그로부터 근 90년이 지난 오늘날의 세상은 어떠한가? 너 나 할 것 없이 "앞이 안 보여. 어찌 되려는 건지…. 어떻게 해야 할지 모르겠어"라며 계속 한숨을 쉬고 있다. 이미 인류는 80억 명을 넘었고, 하물며 700만 년의 과거를 짊어지고 있다. 그럼에도 불구하고 불과 7년 후, 70년 후의 세상을 정확히 전망할 수 없는 것은 어째서일까? 그 이유는 한 문장으로 정리할 수 있다.

'역사의 본래 주인들이, 진짜 주인들이 그 책임을 계속 회피해왔기 때문이다'라고.

그렇다. 바로 지금이 '우리'들이 역사의 톱니바퀴를 제대로 끼워 맞추어야 할 때이다.

1월 9일

밝은 세상을 원한다면 제일 먼저 스스로 밝아져야 한다.

기회 따위는 오지 않는다. 기회를 원한다면 본인이 직접 만들어서 지참하고 다녀야 한다.

1월 10일

"내가 똑바로 하자"라고 생각하면 사방이 밝아진다.

"나 같은 놈은 어떻게 되든 상관없어"라고 생각하면 사방이 어두워진다.

전기가 없던 어린 시절, 매일 석유램프의 뚜껑을 닦으며 밤을 밝히기 위해서는 노력이 필요하다고 생각하였다. 당시의 생각을 지금의 말로 표현하자면,

- 인간의 희망은 인간의 노력을 먹고 싶어 한다. 배 터지게 먹여주자.

1월 11일

포기를 포기해라.

도중에 가능성의 종이 울린다.

일단 해보자.

포기해버리는 나라는 놈을 포기해라.

그러면 어느 순간 이미 훌륭하게 다시 일어서 있는 자신의 모습을 발견하게 될 것이다.

1월 12일

'틀렸어!'라는 생각이 들면 포기해버리는 습관을 포기해라.

그리고 한 걸음을 내디디고, 두 번째 걸음을 내디디고, 세 번째 걸음을 내디디자. 그것이 인간이다.

그랬기 때문에 단 한 명이 700만 년에 걸쳐서 80억 명이 넘는 인류를 이룬 것이다.

그 한 명 한 명이 당신이고 나다.

1월 13일

현재 이 지구상에 살아 있는 나라는 인간은 나뿐이다. 그밖에는 그 어디에도 어떠한 나도 없다.

그러니까 나로서 살아남지 않으면 내가 아니고 사람도 아니다.

스스로 자신을 책임지는 것, 그것이 인간 윤리의 기본이다.

1월 14일

스스로 하지 않는 것, 할 수 없는 것을 타인에게 기대하는 것은 비겁한 짓이다.

기대할 거면 자신에게 기대하고 직접 해라.

유명한 자가 무력해질 때는 무명인 자들이 강력해질 때다.

1월 15일

스스로 포기한 인간만큼 나약한 존재는 없다.

우리 인간들이여, 평생에 단 한 번이라도 자신을 포기하지 말자.

1월 16일

내 생각은 오로지 나 혼자서 하고, 그 사람이 없는 곳에서 그 사람을 배려하고, 사람들이 없을 때 어떻게 하면 사람들이 편안하게 느낄지에 대해 생각한다. 이는 자연스러운 흐름이고 즐거운 일이다. 이를 두고 외톨이네 고독하네 어쩌네 하며 애처롭게 여기는 것은 어째서일까? 나는 내일모레면 백 살일 만큼 오래 살았는데, 혼자라서 슬프다거나 적적하다거나 불안하다고 느낀 적은 한 번도 없다.

1월 17일

기적도, 우연도 밖에서 오지 않는다.

자신을 위해 스스로 구하고 스스로 노력해야 이루어진다.

그뿐이다.

1월 18일

희생은 아무것도 해결하지 못한다. 희생을 늘릴 뿐이다.

일체의 희생을 없애버리자.

자살은 가장 헛된 어리광이다.
자기 자신이 어떤 사람인지 잊지 말라.
자기 자신을 유지하면 참고 견뎌 살아남을 수 있다.
계속 사람으로 존재할 수 있다.

1월 19일

고치현에 강연하러 몇 번 갔는데 그때마다 아시즈리足摺곶岬에 동백나무를 보러 가서 인간 학습의 기회를 가졌다. 자살의 명소로 유명한 아시즈리곶 근처에 찻집이 있는데 그곳을 경영하는 노부부가 사신死神을 잘 퇴치하는 것으로 명성이 자자하였다. 두 사람한테서 들은 이야기가 가슴에 사무쳤다.

"자살하는 사람은 자신이 누구인지조차 모를 정도로 자

신을 잃은 경우가 많아요. 흔히 몸속이 텅 비면 그 자리에 사신에 들어온다고 하죠. 그런 상태에 빠진 사람은 걸음걸이만 봐도 알 수 있어요. 위태로운 사람을 보면 즉시 부부가 함께 출동해 그 사람을 양쪽에서 감싸 안아요. 그리고 호흡을 살피다가 그 사람의 등 위쪽을 힘껏 내려칩니다. 그 사람이 여자면 할아버지가 때리고, 남자면 할머니가 때려요. 맞은 사람은 즉시 바닥에 주저앉는데, 한 차례 펄쩍 뛰어올랐다가 바닥에 주저앉아요. 그리고 넋 놓고 중얼거리다 어느 순간 앗 하고 정신을 차립니다. 그리곤 곳의 반대 방향으로 비명을 지르며 전속력으로 달아나죠."

현재 각지에서 자살 방지대책이 강구되고 있는데, 그 효과는 어떨는지. 얼굴도 이름도 모르는 사람에게 전화를 걸어 고민을 털어놓고 상담할 정도면 자기 자신을 유지하는 상태라고 할 수 있다. 그런 사람은 자살할 리 없다. 자기 자신을 잃고 전화를 걸어 상담해야겠다는 생각조차 하지 못하는 사람이 죽음의 연못으로 굴러떨어진다. 그것이 인간의 실제 모습 아닐까?

1월 20일

인간 존재는 사방이 한계투성이다.

그렇기 때문에 거기에 개방의 열쇠가 있다.

인간은 누구나 자신을 개척할 수 있다.

숙명이나 운명 같은 건 없다.

1월 21일

희로애락, 그 하나하나를 마음껏 발휘하라.

이것들은 모두 생명을 길러내는 신호이다.

갓난아기의 첫 울음소리는 희로애락의 첫 번째 소리다.

화내지 않는 사람은 도망친다.

생명력이 넘치기 때문에 화내는 것이다.

나는 화내지 못하는 친구는 곁에 두지 않는다.

1월 22일

슬프면 실컷 운다.

부아가 치밀면 실컷 화낸다.

낙담하면 실컷 시무룩해한다.

그래서 기쁘면 실컷 기뻐한다.

그것이 인간이다.

아침부터 밤까지 종일 기뻤던 날은 없었다. 아침부터 밤까지 종일 슬펐던 날도 없었다. 오늘까지 98년을 살았는데 그런 날은 한 번도 없었다. 그러므로 하루하루를 소중히 여기며 살아야 하는 것이다. 그렇게 나 자신에게 말하는 나에게 기쁨과 자긍심을 느낀다.

1월 23일

당신은 이 지구상에 당신뿐.

나는 이 지구상에 나뿐.

세상 모두가 유일한 존재.

태양이 하나인 것과 마찬가지.

빛나라, 인간이여, 사람들이여, 유일무이한 생명아.

1월 24일

"당신은 인간으로서 어떤 자긍심을 갖고 살고 있습니까?"라는 질문은 무의미하고 불필요하다. 인간의 자긍심에는 많고 적음도, 높고 낮음도 없다. 자신이 인간이라는 것 자체에 자긍심을 느끼고, 그리고 자긍심을 느끼는 것 자체에 책임감을 느낀다. 그것이 인간이다. 그것이 인간으로서의 출발이고 그리고 완결이다.

1월 25일

자신을 소중히 하지 않으면서 타인을 소중히 하는 사람은 지구상 그 어디에도 없다.

사람과 사람이 서로 믿지 못하는 것은 각자가 자신을 믿지 못하기 때문이다.

80억 명 한 명 한 명이 믿을 수 있는 자신이 되는 것을 목표로 삼으면 지구는 금세 새롭게 반짝반짝 빛날 것이다. 틀림없이.

1월 26일

타인은 내 편도 아니고 적도 아니다.

내가 존재하도록 도와주는 존재이다.

타인이 없으면 나도 없다.

확고한 자신감을 가진 사람이 많은 사람과 서로 신뢰하며 큰일을 해낸다.

1월 27일

한 사람이 진심으로 한 사람을 소중히 대한다. 그러면 모두가 모두를 소중히 대한다.

타인을 소중히 대하면 그 이상 몇 배로 스스로 소중히 대하게 된다.

1월 28일

유럽을 여행하다가 예를 들어 공원에서 노는 아이의 모습이 무척 아름답고 사랑스러워 "사진 한 장 찍어도 되겠니?"라고 물으면 아이들이 어떻게 하는 줄 아는가? 멈추어 서서 똑바로 날 응시하며 사뭇 진지한 얼굴로 생각한다. 말을 건 이 낯선 사람을 믿어도 될까 말까를 판단한다. 그리고 예스 또는 노라고 대답한다. 유럽에서는 장기간에 걸쳐 격심한 흥망성쇠의 전란이 각지에서 계속되었다. 그러한 역사가 아이들에게 자기방어의 정신을 길러낸 듯하다.

내가 보기에 일본 열도의 아이들에게선 유럽 아이들이

가지고 있는 자기방어의 정신이 관찰되지 않는다. 과거에야 어쨌든 간에, 내 몸과 내 생명을 스스로 지키는 자기 훈련은 어느 땅에 사는 아이든 어렸을 때부터 시작하여야 마땅하지 않나 싶다. 자신을 지키는 능력이 높아야 타인과 협력하는 능력도 생긴다.

1월 29일

곤란한 일이 벌어지면 나 자신을 보아라.

최악의 적도 나.

최고의 아군도 나.

1월 30일

각자 태어났고, 몸도 마음도 각각 하나씩인데, 혼자라고 외롭다니 이상하지 않은가?

혼자서도 생글생글 웃으며 명랑하게 몸과 마음을 약동시킬 수 있어야 다른 사람하고도 손을 맞잡고 서로 포옹하고 노래 부르고 춤출 수 있다.

1월 31일

　모든 일이 끝난 곳에서 시작된다. 그러므로 잘 시작되도록 잘 끝내야 한다.

　인생은 두 번 살 수 없지만, 자신의 삶을 스스로 궁리하여 개선하는 것은 몇 번이든 할 수 있다.

　이를 막는 법은 지구상 그 어디에도 없다.

*

2월 1일

만사에 있어서 패배는 부끄러운 일이 아니다.

패배를 부끄러워하는 마음을 부끄러워하라.

나는 승패가 있는 일에서는 매번 패배하였다.

하지만 패배하였다는 사실에는 패배하지 않았다.

그래서 일생을 뒤돌아보았을 때 패배한 기억이 없다.

2월 2일

실패하고, 반성하고, 개선하고, 앞으로 나아간다.

그것이 인생이고 그것이 역사다.

실패 자체를 슬퍼하지 말라. 미워하지 말라.

실패하였을 때야말로 스스로 충분히 위로하라. 틀림없이 재기할 수 있다.

자학은 악취미다.

2월 3일

절망할 땐 철저하게 절망하라.

절망을 초래한 진짜 원인이 분명하게 보인다.

그것이 진짜 희망의 씨앗이 된다.

인간은 절망한다. 절망할 수 있다. 모든 동물 중에서 인간만 절망할 수 있지 않을까? 그렇기 때문에 희망도 낳는 것이다.

2월 4일

절망을 가볍게 입에 담으며 사회를 논하는 사람을 보면 세상에 그렇게 가볍고 얄팍해질 수 있나 싶어 한심한 생각이 든다. 절망이란 무엇인가? 사회 현실에 뛰어들어 거기에서 광명 한 줄기를 보기 위해 분투한 사람은 절망이라는 말을 결코 입에 담지 않을 것이다. 빛을 잃게 한 것은 무엇인가? 무엇이 어째서 암흑 현실을 만들어냈는가? 이를 극복하기 위해서는 무엇이 필요한가? 나아가야 할 길이 분명하게 보일 테니까.

절망과 희망은 이처럼 한 쌍이다. 내 개인적인 생활 경험을 바탕으로 말하자면 인간의 절망은 영양분이 풍부한 음식이다. 절망을 잔뜩 먹고 희망을 낳자.

2월 5일

실패를 숨기거나 왜곡하지 말라.

있는 그대로 짊어지고 다시 걸어 나아가라.

그러면 실패가 성취로 나아가도록 박차를 가해준다.

실패와 성취는 쌍둥이다.

2월 6일

실수를 기뻐할 수 있는 사람이 되자.

실수는 성취를 퍼 올리는 펌프다.

칠흑 같아도 끝까지 걸어나가면 벽이 뚫리고 햇살이 드리운다.

절망도 먹어버리면 희망이 싹튼다.

2월 7일

비관 그 자체에는 아무런 득도 없다. 어설프게 하지 말고 철저하게 비관하고 빨리 버려라.

마음 작용이 뛰어난 사람은 사안의 밑바닥으로 내려가 거기에서부터 다시 전진한다.

2월 8일

추락할 거면 목숨만 끌어안고 확실하게 추락하고, 거기에서부터 다시 시작하면 된다.

추락을 도중에 그만두려 하면 모든 것을 잃는다.

어설픈 것은 만사에 좋지 않다.

2월 9일

괴롭고 힘들면 발버둥 쳐라. 끝까지 발버둥 쳐라.

발버둥이 전환기를 불러온다.

남에게 피해가 가지도 않는다.

인간 세상에 절대적인 것은 없다. 그러므로 자신이 나아갈 길을 정할 때는 양자택일의 방식으로 철저하게 자신에게 묻고 또 물어야 한다.

2월 10일

긴 인생길을 걸어오면서 '그때는 고민되어서 혼났어!'라고 생각했던 적은 한 번도 없다. 인생은 망설임과 고민의 연속이고, 철저하게 고민하면 분명한 답을 얻을 수 있다고 생각해왔기 때문이다. 그런데 세상 사람들은 처음부터 덮어놓고 망설임과 고민을 나쁜 것으로 여기는 듯하다. 국어사전을 펼쳐보면 '망설이다=①혼동되어 나아가야 할 길이나 방향을 알 수 없게 되다 ②어떻게 해야 좋을지 판단이 서지 않다 ③마음이 어지러워 좋지 않은 방향으로 나아가다, 욕망이나 유혹에 지다, (후략)'라고 되어 있다(『디지털 다이지센 일본어 사전デジタル大辞泉』). 망설임 자체를 나쁜 거로 취급하기 때문에 폐해가 커지는 것 아닐까? 나는 말하고 싶다. "망설여질 때는 철저하게 망설이자. 그럼 청명하게 갠다"라고.

2월 11일

어렸을 때부터 아침보다 저녁을 좋아하였다.

왜일까? 이제야 알겠다.

'끝나지 않는 밤은 없다'고 절감하는 것은 아침이 아니라 저녁이니까.

2월 12일

일출은 두 손을 합장하고 기도하는 사이에 끝난다. 인간 세상의 여명은 아무것도 기도하지 않는 것에서부터 시작된다.

아침에 기원하고 저녁에 감사하는 것을 반대로 해보라.

하루의 분위기가 확 바뀐다.

인생길에서는 이것저것 바꾸어보는 게 좋다. 그러다 보면 자신만의 널따란 한 줄기 인생길이 차츰 형성된다.

2월 13일

희로애락에 브레이크를 걸지 말라.

홀로 자신의 안에서 충분히 맛보라.

그러면 몸과 마음이 건강해진다.

2월 14일

인간의 눈물은 의미가 깊다.

울 거면 아이든 어른이든 큰 소리로 울어라.

숨죽인 눈물은 너무 서글프니까.

놀랄 일에는 실컷 놀라자. 해일은 일체를 바다 밑바닥에서부터 뒤집어엎어 물을 새까맣게 만든다. 시꺼먼 바닷물에 깜짝 놀라 야단법석을 떨며 바다에서 더 먼 곳으로, 더 높은 곳으로 달아난 사람들이 살아남는다.

2월 15일

암흑과 광명은 함께 존재하지만 동거하지 않는다. 동거하면 두 가지가 다 사라지고 만다. 광명은 자신이 존재하기에 암흑도 실재하는 것이라 말하고, 암흑은 자신이 존재하기에 이 세상에 밝힐 수 없는 어둠은 없는 것이라 말한다.

2월 16일

설국에서는 한겨울의 추위와 눈 때문에 목숨을 잃는 사고가 자주 일어난다. 하지만 설국의 동요에서는 추위와 눈을 증오하는 내용을 찾아볼 수가 없다. 어째서일까? 설국이라는 특성 탓에 발생하는 괴로움 또는 슬픔이, 설국이라는 특성으로 말미암아 발생하는 기쁨 또는 따스함과 결합되어 있음을 설국 사람들은 알고 있기 때문이다.

내 경험을 하나 소개하겠다. 어릴 때 어른들이 "지독한 눈보라로 길이 보이지 않게 되면 걷지 마라. 맨손으로라도 눈 쌓인 곳에 구멍을 파고 그 안에 들어가라"라고 하였다. 한번 그대로 해본 적이 있다. 내 몸을 받아들여준 눈

다이마쓰신문사 시절(1964년 겨울)

동굴 속은 실로 따뜻하였다. 그 따스함은 봄과 여름과 가을, 그 모두가 겨울 동안 준비된다는 사실을 떠올리게 해주었다.

2월 17일

불행은 다가오려고만 해도 괴롭다.

행복은 떠난 후에야 실감 난다.

2월 18일

어떤 일이 정말로 좋아질 때는 한 걸음씩 한 걸음씩 좋아진다.

갑자기 좋아지지 않는다.

한 걸음씩 한 걸음씩 일하자. 우리 서로.

2월 19일

인간 세상의 여명은 우리 인간이 밝게 사는 것에서부터 시작된다.

세상의 암흑은 빛의 크기가 크냐 작냐로 결정되지 않는다. 사람들이 즐겁고 경쾌하게 일하는가 그렇지 않은가로 결정된다.

2월 20일

북쪽 지역 사람에게 겨울 하면 떠오르는 이미지는 따스함이다.

인류는 자연적 계절에 지배당하지 않고 스스로 계절을 만들어왔다.

그랬기 때문에 오늘날까지 700만 년을 살아온 것이다.

2월 21일

우는 모습이 어떠한가는 아무래도 상관없다.

우는 이유를 직시하라.

타인과 연대를 원한다면 늘 '왜(why)'를 표방하라.

2월 22일

이 괴로움은 무엇 때문인가? 무엇을 위함인가? 그것이 문제다.

기쁨을 위한 괴로움이라면 기쁜 마음으로 괴로워하겠다.

2월 23일

내 어머니 오나카 씨한테서 들은 말이 종종 귓가를 맴돈다.

"자신의 부주의로 다친 상처는 스스로 치료해라."

2월 24일

메이지 20년대(1887~1896년)에 태어난 내 어머니 오나카 씨는 자식 많은 농가의 차녀로 태어나 집안일을 돕느라 초등학교에 가지 못하였다. 그 사실을 언제나 부끄럽게 여겼다. 내가 초등학교 1학년 1학기 때 일인데, 어느 날 나는 감기에 걸려 엄청난 고열로 신음하였다. 어머니는 "학교는 무슨 일이 있어도 쉬어선 안 된다"며 열이 펄펄 나는 나를 업고 초등학교 교실로 데리고 가 자리에 앉혔다. 내가 초등학교부터 중학교를 거쳐 도쿄외국어학교까지 15년간 학교를 다니면서 하루도 결석하지 않은 것은 그런 어머니의 영향 때문인지도 모르겠다. 그런데 내가 등에 업혀 등교한 날은 전교 학생 산수 경시대회 날이었다. 그리고 며칠 후 전교 조례 때 시험에서 만점을 받은 학생 중에

로쿠고초등학교 입학 당시(1921년)

서 가장 처음으로 내 이름이 불렸고 상장과 상품을 받았
다. 꿈속을 걷는 듯한 몽롱한 상태로 어떻게 정답을 맞혔
는지 모르겠다. 무아지경으로 하면 좋은 일이 생긴다는
것을 알게 되었다.

2월 25일

　사람의 계절은 개인마다 다르다.

　봄에 시들었던 것이 겨울에 피어나기도 한다.

　자신의 계절이 언제인지를 파악하라.

2월 26일

금화가 산처럼 쌓여 있어도 지나간 시간은 그 누구도 살 수 없고 되돌릴 수 없다. 시간은 그만큼 값비싸다. 특히 지금 진행 중인 현재는 과거보다 몇십 배, 몇백 배 비싼 가치를 지닌다. 나를 포함하여 많은 사람이 그 시시각각의 현재를 공짜로 땅바닥에 흩뿌리고 있다. 그러면서 아까운 줄도 모른다.

2월 27일

누구나 '할 만한 보람이 있는 가치'와 '하고 싶은 의욕'이 일치하는 일을 하고 싶어 한다. 하지만 그런 일은 저절로 날아들지 않는다. 스스로 만들어내야 함을 깨닫고, 다음의 두 가지를 유념하며 살았다. '해서는 안 된다고 생각하는 일에는 손가락 하나도 대지 않겠다. 내가 책임질 일은 마음이 내키지 않거나 몸 컨디션이 좋지 않더라도 전력으로 몰두하겠다.' 그랬더니 해야 할 일과 해서는 안 되는 일이 자연스럽게 분명하게 구분되었다. 노력은 끈덕지게 해야 하는 법이다.

2월 28일

뒤돌아보니 지금까지 용케 살아왔다 싶다. 체격은 줄곧 빈약하였고, 지갑은 언제나 프롤레타리아였으며, 하물며 나의 소중한 소망은 하나도 이루어지지 않았다. 그래도 계속 살아 텅 비지도 않고 충족되지도 않은 채 만 97세를 맞이하였다. 지금에 이를 수 있었던 것은 끈덕지게 살았기 때문이다. 늙은 후 위암과 폐암에 침식당하였고, 두 눈 안에서 출혈이 발생하였고, 심장에 물이 찼지만 울상 짓지 않고 꾸준히 내 길을 걸어왔다. 자신이 원해서 자신의 길을 걸으면 결코 막다른 길에 부딪치지 않는다. 이 지구상 그 어디에도 아침이 오지 않는 암흑천지는 없다. 밤은 반드시 아침을 낳는다. 남을 행복하게 만들기 위해서든, 본인이 행복하기 위해서든 스스로 무언가를 시작하였다면 끝까지 해야 한다. 발을 들여놓았으면 끝까지 걸어야 한다. 인간은 몇 번이든 다시 시작할 수 있다. 몇 번이든 다시 시작할 수 있으니까 인간이다.

＊

3월 1일

보통, 통상, 당연함, 마땅함. 이것이야말로 인간 생활의
큰길이다.

이러한 입장과 이러한 생각이 사람 모두를 이어준다.

잘난 척하는 것이나 거들먹거리는 것은 다 사기다.

3월 2일

평범하고 보통이며 당연해 보이는 것이야말로 세상을
제대로 돌아가게 하는 핵심이다.

평범한 사람들이 평범한 방법으로 저마다 자신의 삶을
경작한다.

그러면 비범한 기쁨이 솟아난다.

3월 3일

살아 있는 생명은 하나다.

식물이 싹을 틔우고 뻗어나가는 것처럼, 그리고 꽃을 피우는 것처럼, 인간도 마찬가지로 자신의 일생을 살아간다.

'무엇을 위해 어떻게 자신의 일생을 살 것인가?'를 함께 다진 동지와의 유대는 지진도 극복하고 해일도 극복하여 끝끝내 꽃을 피우게 해준다.

3월 4일

해가 뜨면 일을 시작하는 사람도 있고 일을 끝내는 사람도 있다. 해가 지면 일을 시작하는 사람도 있고 일을 끝내는 사람도 있다. 사람들이 태양 하나를 다양하게 이용하며 근면하게 일하는데도, 사람들의 과거는 빛나지 않는다. 앞길도 어둡다. 어째서일까? '무엇을 위해 어떻게 일할 것인가?'를 사람들은 근본부터 다시 생각해야 한다.

3월 5일

어떤 생명체이든 생명보다 더 중요한 것은 없다. 그러한 생명이 물 한 잔 또는 주사 한 방으로 죽음을 면하기도 하고, 흉부를 맨손으로 계속 마사지하는 것만으로 다시 살아나기도 한다. 만인이 언제 어디에서나 만인의 생명에 힘이 될 수 있다. 앞으로 더욱 모두가 모두의 생명을 서로 잘 돌봐주자.

생명이라는 말을 들으면 즉시 협력=서포트를 떠올리자. 왜냐하면 물과 땅과 공기 중에서 어느 하나라도 없으면 생명은 즉시 사라지니까. 생명은 서로 돕는 구조 안에서만 계속 유지된다.

3월 6일

생명체 자체의 생명은 무엇일까? 생명의 출발부터 종료까지 생명 유지 활동을 이어나가고 연결하고 성장시켜나가는 바로 그 에너지가 아닐까? 내 나이가 현재 98세인데, 이를 하루 단위로 환산하면 3만5,000일이 넘는다. 도중에 하루가 무너지거나 끊어지면 모든 게 그 순간 끝난다. 반대로 말하면 오늘까지 모든 하루하루의 생명 유지 활동이 3만5,000일에 이르도록 그 무게를 저마다 감당해왔다는 이야기다.

"일평생 어떤 날이든 경시하지 않고 힘껏 살아가고자 하는 노력, 그것이 생명체의 생명이다." 인생의 진리는 이토록 평범하다. 하지만 실로 무겁다.

3월 7일

행복한가, 불행한가로 인생의 의의와 가치를 판단하는 사람은 평생 행복해질 수 없다.

행복은 그런 사람을 좋아하지 않는다.

기쁨도, 눈물도, 행복도, 불행도, 기성품은 그 어디에도 없다.

모두 사람이 직접 자신을 위해 만드는 것 아닌가!

어째서 찾는가? 무엇을 찾는가? 어째서 손을 모으고 기도하는가?

원하면 직접 만들어라.

3월 8일

자를 이용하여 옷을 만들지만, 자는 입을 수 없다. 자는 착용감이 좋은지, 나쁜지는 측정하지 못한다. 인생의 가치를 행복과 불행으로 재고 싶어 하는 사람이 있다. 하지만 행복과 불행에는 눈금이 없다. 인생의 의의와 가치를 논할 수 있는 것은 인생 그 자체뿐이다.

3월 9일

사람이든 물건이든 사건이든, 크고 강한 내용을 지닌 것일수록 온화하고 조용하게 등장한다. 자기소개도 자기 PR도 필요 없으니까. 그 조용함에 방심하지 말라. 속지 말라.

3월 10일

천재지변과 같은 강렬한 자연 현상이 발생하기 전에는 지극히 고요한 시간이 계속된다. 그 정적은 무엇일까? 인간을 방심시키기 위함인가? 준비시키기 위함인가? 그도 아니면….

3월 11월

실제로 행복하게 사는 사람은 행복하다는 말을 하지 않는다. 할 필요도, 할 시간도 없다. 좋알거리며 행복하네, 불행하네 떠드는 사람은 행복하게 사는 방법을 잃어버렸거나 모르는 사람이다. 행복도 불행도 사실, 그 자체다. 본디 말로는 표현할 수 없는 것이다.

3월 12일

인생을 무슨 승부거리마냥 보는 견해에는 찬성할 수 없다. 사람의 인생이 무언가를 꺾어뜨리고 이기기 위한 것이라면 너무 쓸쓸하지 않은가?

인간에게는 아무리 이기려 해도 이길 수 없는 일이 있음을 아는 것, 그와 동시에 인간에게는 아무리 힘들고 괴로워도 결코 지지 않는 힘이 있음을 아는 것에 인간의 진정한 기쁨이 있지 않을까?

3월 13일

아름다운 풍경은 아름다울 뿐이다.

흐트러진 풍경에는 추함과 거침과 빈곤이 있고, 수많은 눈물과 웃음도 있다.

직선보다는 지그재그가 좋다. 수고스러운 만큼 즐거움도 늘어난다. 눈물과 비가 많으면 결실이 깊다.

3월 14일

어찌하여 한탄과 고통과 슬픔을 그토록 싫어하는가? 어째서 기쁨과 즐거움과 행복만 그토록 강렬하게 갈망하는가? 당신의 바람이 모두 이루어진다면 어떻게 될까? 하루하루의 삶에서 탄식과 눈물과 망설임은 모두 사라지고, 아침부터 밤까지 환희와 즐거움과 행복만 계속되면 어떻게 될까? 그런 상태가 열흘만 지속되어도 무엇을 위해 사는지 알 수 없게 되고, 살아 있음 자체로부터 달아나고 싶어지지 않을까? 괴로움을 끝까지 견뎌낸 끝에 극복하였기 때문에 온몸에서 기쁨이 솟아나는 것이고, 슬픔을 끝까지 견뎌낸 끝에 극복하였기 때문에 행복을 느끼는 것 아닐까? 밤의 어둠이 싫다고 계속 눈을 감고 있으면 영원히 여명의 빛을 볼 수 없다.

3월 15일

진지한 각오는 조용히 굳어져 침묵으로 움직인다.

3월 16일

진지하게 결심하면 자신의 노력이 결실을 맺을지, 그렇지 못할지가 대충 파악된다. 진심으로 결심한 자는 결과를 전망하며 출발한다. 그 어떤 단서도 필요 없다. 그러므로 모든 것을 조용하게 행한다. 가짜일수록 요란하다.

3월 17일

인생을 허울 좋은 그럴싸한 말로 꾸며대는 사람이 줄어들 조짐이 없다. 그들의 허영은 유해하다. 인생이란 누구의 인생이든 날것이다. 그러므로 날것 그대로 생생하게 살면 된다. 그러면 활력이 솟아난다.

자신을 속이지 말라. 자신에게 정직함을 관철하라. 늘 그렇게 마음먹고 명심하라. 그러면 자신의 일상생활에도, 타인과의 교제에도 무지개다리가 뜬다.

3월 18일

흔히 "성냥 한 개비가 화재의 원인!"이라고 말하는데, 화재가 난 것은 불을 부주의하게 취급한 자 또는 방화범이 있었기 때문이다. 없으면 아무 일도 일어나지 않는다.

문제는 사람인데, 물건 탓을 한다.

그러니까 사고와 범죄가 줄지 않고 계속 늘어나는 것이다.

3월 19일

"네"는 말하기 쉽고, "아니오"는 말하기 어렵다. 그리고 사람의 인생길은 말하기 어려운 쪽의 영향을 크게 받는다.

3월 20일

　남에게 권할 수는 없는 나의 버릇 하나를 고백하겠다. 어릴 때부터 강풍을 무서워하지 않았다. 바람이 세게 불면 양팔을 크게 벌리고 서서 바람에 대항하곤 했다. 그러면 나의 생활력을 생생하게 느낄 수 있었다. 나이 든 지금도 그 동작을 한다.

　"바람을 거스르며 서 있어라!" 이것이 나를 고무시키는 나만의 구호이다.

3월 21일

　허위는 아무리 꾸미고 공작해도 진실을 속일 수 없다. 진실은 진실에만 반응하니까.

　이 세상의 진실한 것들은 유형이든 무형이든 사람을 무척 사랑한다. 하지만 진실과 손을 맞잡고 대화할 수 있는 사람은 올곧게 진실만을 추구하는 사람뿐이다.

3월 22일

이 세상에서 일어나는 일은 모두 필연적이며 당연한 인과에 의해 발생한다. 그런데 이를 거짓으로 꾸미려는 사람들이 있다. 사건의 진상을 국민이 모르길 원하는 사람들은 "그것은 기적이다!", "우연이다!", "신이 노하였기 때문이다!"라고 지껄인다. 기적은 존재하지 않고 발생하지 않는다. 하지만 마치 기적과 같다고 사람들이 놀랄 만한 사건은 존재할 수 있다. 그것은 존재하는 게 아니라 존재케 한 것이다. 일어난 게 아니라 일어나게 한 것이다. 사람들이 그러한 변화를 추구하며 그에 합당한 노력을 하면 100% 가능하다.

3월 23일

　내게는 도움이 되지만 옆 사람에게는 도움이 되지 않는 것.

　오른쪽에는 도움이 되지만 왼쪽에는 도움이 되지 않는 것.

　그것은 다 가짜다.

　인간 세계의 진짜는 반드시 만인에게 도움이 된다.

3월 24일

　빌려주길 원하면 자신부터 빌려주라. 도움받길 원하면 스스로 도우라. 팔고 싶으면 먼저 상대한테서 사라. 믿어주길 원하면 자신부터 믿으라. 진심으로 사랑받고 싶으면 진심으로 사랑하라. 그러면 효과가 탁월하다. 그리하지 않고 어째서 거지처럼 손을 내미는가. 자, 다 같이 자신의 양손을 한번 내려다보자. 자주, 자립의 미소를 짓고 있는가? 아니면 한심한 얼굴을 하고 있는가?

3월 25일

언어와 관련된 업무를 장기간 하였는데 의아한 것이 있다. 일본어도 그렇고 외국어도 그렇고 사람을 실제보다 나쁘게 매도하고 폄하하는 표현이 실로 풍작이다. 반면 인간의 존재 자체를 긍정하고 위로하고 격려하는 표현은 흉작이다. 인간들이여, 이째서인가?

3월 26일

아름다운 것은 자신에게도 엄격하고 타인에게도 엄격하다. 적당한 태도를 보이는 자에게는 즉시 등을 돌린다.

3월 27일

사람의 인생은 말로 하면 '라이프'나 '인생'같이 세 글자나 두 글자만에 끝나버린다. 하지만 현실에서는 누구의 인생이든 간단하게 딱 떨어지지 않는다. 이를 노리듯 세상에는 때때로 명쾌한 인생론이 등장한다. 만인의 인생을 정의해준다. 주창자가 저명한 인물이면 진리를 선물받은 것마냥 신나 떠드는 사람들이 생겨나 화제의 중심이 된다. 고백하건대, 나도 인생의 가장 중요한 물음을 알기 쉽게 한마디로 표현할 수 없을까 하고 고민한 적이 있다. 하지만 그만두었다. 어려운 것은 어렵다는 것을, 말로 표현하기 어려운 것은 말로 표현하기 어렵다는 것을 받아들이고, 이를 음미하며 하루하루 살아간다. 이것이야말로 생활인이라고 생각하기 때문이다.

3월 28일

'소년이여, 야망을 품어라!'라는 말이 하고자 하는 말은 무엇일까? '젊은이들이여, 큰 뜻을 품고 위대한 발견이나 위대한 연구를 하여 위대한 노벨상을 받아라!'라는 권유는 아닐 것이다. '젊은이들이여, 언제나 개척자의 자세를 견지하라!'라는 뜻으로 나는 받아들였다. 클라크 선생님, 제가 혹시 잘못 이해하였습니까?

3월 29일

타성에 젖으면 생활의 외형은 온화해지지만 생활 의식은 내부에서부터 썩어 들어간다. 위험한 적이다. 단호하게 잘라내자.

3월 30일

강풍이 불어도 떨어지지 않는 잎사귀가 있다.

무풍이어도 떨어지는 잎사귀가 있다.

세상의 잎사귀들이여, 일신의 결과를 두고 바람을 탓하지 말라.

3월 31일

1931년 9월, 일본에서 흔히 '만주사변'이라 부르는 일본 군대에 의한 중국 침략이 시작되었다. 전황은 일본 육군이 기대한 대로 진행되지 않았다. 그러자 1936년 2월 26일 일부 육군 장군이 군사 정권을 수립하려고 쿠데타를 일으켰지만 미수로 끝났다. 내가 학교를 졸업하고 신문사에서 일하기 시작한 것은 그해 4월이었다. 직장 선배들은 우리들 신입 기자에게 "뉴스와 토픽, 보도와 화제를 혼동하지 마!"라고 반복하여 충고하였다. "신문이 사회에 제시하는 정보는 사회의 움직임, 즉 오늘이 내일로 어떻게 나아가고 있는지 그 방향을 올바르게 이해하는 데 도움이 되는 것이어야 해. 화조풍월이나 유명인의 스캔들 따위를 제아무리 잘 쓴들 그래선 언제까지나 '기자'가 되지 못한 채 운반용 수레에 머물러 있게 돼!"라고 충고한 선배들은 언론 통제가 점점 심해지는 가운데 그다음에 벌어질 일을 우려하였던 것이 분명하다. 그 후로 77년이 흐른 2013년 현재, 신문사와 방송국이 제공하는 정보는 내 계산에 따르면 토픽이 80% 이상이다.

나아가자! 삼보 전진 - 1974년

봄 학기
- 나아가자! 삼보 전진

4월 1일

만사의 출발은 확실하고 분명하게.

그렇지 않으면 종착점이 애매해진다.

바라는 것과 원하는 것은 자신에게도 타인에게도 분명하게 의사를 표시하라.

출발이 애매하면 결과는 더 애매해진다.

4월 2일

즉시 결정할 것인가, 천천히 결정할 것인가. 먼저 그것부터 확실하게 정하라.

그렇지 않으면 역효과가 난다.

인간의 일체의 사고는 두 가지로 분류된다.

인간을 무언가에 이용할 것인가, 인간을 인간 그 자체로 완결시킬 것인가.

4월 3일

먼저 결과를 하나 내자. 만萬도 조兆도 토대는 하나부터다.

한 개를 소홀히 하고 한 사람을 소홀히 여기는 사람은 어떤 일의 아버지도, 어떤 것의 어머니도 될 수 없다.

4월 4일

시작에 끝이 있다.

저항할 거면 처음에 저항하라.

도중에 울지 마라.

4월 5일

일어서라. 일단 일어서라. 그러면 일어서서 걷기 시작한다.

직선이든 꼬불꼬불하든 울퉁불퉁하든 한결같이 걸어가자. 길은 '도道'이므로 자신을 관철하는 자에게는 반드시 벗이 생긴다.

4월 6일

함께한다는 것은 출발 신호를 듣고 동시에 출발하는 것을 의미하지 않는다.

할 수 있는 것, 하고 싶은 것부터 쭉쭉 해나가는 것이다.

복잡한 문제에 부딪치면 어떻게 해야 할까? 그 문제를 복잡하게 해결할 수는 없다.

먼저 가장 중요한 문제 하나에 전력으로 매달리고, 그다음에 또 하나, 그다음에 또 하나, 그런 식으로 처리해나가야 한다.

4월 7일

사람의 길은 천차만별이다.

나의 길은 하나다.

스스로 선택하거나, 스스로 만들거나.

4월 8일

인생길 모퉁이에서 두리번거리지 말라.

눈을 감고 자신의 목소리를 들어라.

길은 오르면 내려가고, 오른쪽으로 가면 이윽고 왼쪽으로 돈다.

길은 둘러보는 장소가 아니다.

사람이 굳게 마음먹고 대비하는 장소이다.

4월 9일

세상의 모습에 맞추어 사는 것은 시시하다.

사람에 맞추어 세상의 모습을 만들어나가자.

4월 10일

언젠가 걸었던 길은 또 걷지 않아도 된다. 이왕 걷는 거 새 길을 걷자.

아니, 그보다 무엇보다 도처에 새 길을 만들고 싶다.

훔칠 생각이 없다면 사과나무 아래서 모자를 고쳐 쓰든 구두끈을 다시 묶든 마음대로 하면 된다.

남의 눈을 의식하여 자신의 방침을 바꾸는 것은 자기 부정이다.

4월 11일

모두가 바라는 것일수록 실현하기 어렵다.

모두가 바라는 것은 분명하다.

그럼에도 다 함께 힘을 합치고자 하지 않기 때문이다.

4월 12일

여명을 찬양하는 노래를 부르는 것만으로는 세상이 밝아지지 않는다.

생활 현장에서부터 어둠을 하나씩 제거해나가자.

"오늘은 이것을 반드시 하겠어!", "오늘은 이것을 절대로 하지 않겠어!" 이 두 가지를 매일 하느냐, 하지 않느냐가 평생의 풍작과 흉작을 결정한다.

4월 13일

토끼가 방아를 찧는다는 둥 음력 8월 15일에는 이런 일이 벌어진다는 둥 하는 이야기는 옛날부터 있었다. 하지만 달에는 이런 꽃밭이 있다거나 이런 색깔이라거나 이런 형태의 꽃이 핀다는 등의 이야기는 들은 적이 없다. 어째서일까? 달은 스스로 발광하지 않는다. 태양 빛을 반사시킬 뿐이다. 사람들은 이를 느낌으로 아는 듯하다. 그곳이 어디든 꽃을 피우기 위해서는 그것을 가능케 하는 빛과 열을 자체적으로 가지고 있어야 한다.

4월 14일

사건의 진상을 파악하기 위해서는 어떻게 해야 하는가. 기자 생활을 하며 많은 고민을 하였다. 그리고 알게 된 것 중의 하나는 변덕을 부려선 안 되며 집요해야 한다는 것이다.

눈에 띄는 사건의 단면에 마음을 빼앗기면 착각하게 된다. 단면만 보지 않고, 사건의 머리부터 꼬리까지, 뉴스에 등장할 때부터 사라질 때까지 사실을 최대한 많이 수집하고 전후 맥락을 확인한다. 그러면 진상이 저절로 드러난다.

이를 경험한 후 학습 수단의 하나로서 신문 기사를 오려내 붙이는 노트를 만들기 시작한 지 어느덧 70년. 어떤 일이든 원하는 것을 손에 넣기 위해서는 그 나름의 집요함이 필요하다.

4월 15일

요시다 쇼인吉田松蔭의 쇼카손주쿠松下村塾(일본 야마구치현
에 있는 사적으로, 1842년에 설립된 사설 교육시설이다. 요시다 쇼인이 지
도한 짧은 기간 동안 메이지유신을 이끈 주요 지도자를 다수 배출하였다–
역자 주)의 안과 밖에 반나절 동안 앉아 공기를 마시며 여러
가지 이야기를 들었다.

쇼인은 배우고자 하면 직업과 빈부에 상관없이 누구에
게나 배움의 장을 제공하였다. 쇼카손주쿠에서는 번잡한
이론이나 어려운 말은 하지 못하게 하였다. 세상이 현재
어떠하며, 앞으로 어떻게 될 것이며, 어떻게 되어야 하는
가, 그리고 역사의 흐름이라고 부를 법한 것을 누구든 대
략적으로 파악할 수 있도록 하였다.

참으로 멋진 방침이다. 그러니 교실 하나뿐인 자그마한
공간에서 이루어진 2년간의 교육 활동으로 시대를 이끄는
사람들을 길러낼 수 있었을 테지. 아아, 그 같은 것이 오늘
날 우리의 학습에도 필요하다. 진실로 필요하다. 그래! 현
실화하자.

4월 16일

말은 정직하다. 변명과 사후 설명을 늘어놓은들 화자와 청자 쌍방의 마음은 미동도 하지 않는다.

같은 목적을 갖고 출발하는 아침의 대화는 그 얼마나 활력으로 넘치는가. 그렇다. 사람들이 역사 개척의 길을 걸으며 서로 격려할 때 지금까지 들은 적도, 말한 적도 없는 열정의 말이 만개하는 법이다.

타인에게 권할 생각이라면, 먼저 그것을 직접 실행하라. 입을 놀리는 것은 늦으면 늦을수록 좋다.

4월 17일

본디 일이란 다 즐거운 법이다. 즐겁지 않으면 고역이다. 그런데 나는 즐거운 일과 즐거운 직장을 만난 적이 없다. 하지만 내가 무아지경으로 일하였을 때는 언제 어디서나 즐거웠다. 일도, 직장도 스스로 직접 즐겁게 만들어야 마땅하다.

4월 18일

400년 전 영국에는 비행기도, 철도도, 전화도 없었다. 그런데 그 시대를 산 셰익스피어가 제작한 연극을 현대인이 보고 "인간의 진실과 사회의 진상을 보았다!"며 감동한다.

인간에게는 몇백 년이라는 시간의 흐름을 뛰어넘어 관통하는 게 정말로 있는 것일까? 있다면 그것은 무엇일까? 그것을 다 함께 확인해보자.

4월 19일

인간 그 자체와 주위에는 전과 후, 좌와 우, 상과 하, 또는 밝음과 어두움, 가벼움과 무거움, 얄팍함과 두꺼움 등이 존재한다. 이를 일일이 세는 것은 인간이 할 일이 아니다. 어느 쪽을 선택할 것인가, 어느 쪽을 버릴 것인가, 그도 아니면 새로운 것을 만들 것인가, 일체를 버릴 것인가, 전부를 받아들일 것인가, 무엇에 근거하여 어떻게 선택할 것인가. 인간이란 존재는 이를 위해 존재한다.

4월 20일

'후회하다'와 '개선하다'라는 두 개의 동사는 동시에 존
재할 수 없다. 각각 개별적인 현실이다. 자신이 범한 죄업
의 원인과 경과와 결과와 책임 소재를 분명히 하고 폐를
끼친 상대에게 물심양면으로 온 힘을 다해 속죄하는 것,
그것이 후회하는 것이다. 개선하는 것은 같은 잘못을 결
코 두 번 다시 저지르지 않기 위해 온갖 방법을 다 쓰는 것
이다. 후회할 때보다 몇 배, 몇십 배의 노력이 더 필요하
다. 그러한 책임 부분을 애매한 상태로 둔 채 사과의 뜻을
표명한 것만으로 뉘우치고 고친 척을 하니까 상대가 이놈
은 틀린 놈이라며 정떨어져하는 것이다.

4월 21일

현명함이란 지식이 많음을 뜻하지 않는다.
분별하는 능력이다.
경험이 분별력을 길러준다.
늙을수록 현명해진다.
그것이 당연하다.

사전에 '노치老痴'라는 단어는 있으면서 '노현老賢'이라는
단어가 없다면 그것은 멍청한 사전이다.

4월 22일

'실패는 성공의 어머니'라는 무책임한 낙관론을 말하지
말라. 실패에서 배워 성공을 이룩하기 위해서는 죽을 만
큼의 노력을 반복하고 또 반복해야 한다.

4월 23일

모르면 몰라도 된다. 보이지 않는 것은 보이지 않아도
된다.

정직함을 벌하는 법은 없다.

모르면서 아는 척하는 것. 보이지 않으면서 보이는 척
하는 것.

- 그것이 죄악의 씨앗이다.

4월 24일

사람이 물건에 대해 가져야 하는 태도는 '많이 소유하는 것'이 아니다. '잘 사용하는 것'이다. 소유로 기울면 그 무게 때문에 자멸한다. 장성을 길게 쌓는 데 열중한 왕조는 성벽이 만 리에 이른 직후에 멸망하여 사라졌다. '사용'하는 행위는 회전하기 때문에 정체되지 않는다.

4월 25일

여태껏 부자가 되었던 적은 단 한 번도, 단 하루도 없지만 앞으로 만일 많은 돈을 갖게 된다면 '쓰고 싶은 데 펑펑 쓰겠어!'라고 마음먹고 있다.

돈은 인간 생활의 편의를 위해 만들어진 도구다. 그런데 인간이 돈에게 이용되어 울기도 하고 죽기도 하니 이 얼마나 바보 같은 일인가. 그런 사회 현실에 한 방 먹여야 직성이 풀리겠다.

스키야키를 만드는 모습

4월 26일

1960년대에는 고도성장이 사회 슬로건이었고, 일본 가정의 90%가 중산 계급의 삶을 살았다. 당시 우리 집 아이들이 각각 초·중·고등학생이어서 학부모 및 교직원 모임 활동에 열심히 참가하였다. 당시 부모가 자녀에게 일반적으로 가졌던 불만은 세 가지였다. 말투가 거칠다, 돈을 아껴 쓸 줄 모른다, TV를 너무 많이 본다. 왕따라는 말은 존재하지도 않았다. 부모의 생활이 웬만큼 안정적이면 아이들의 상태도 웬만하다. 아이들 사이에서 왕따 문제가 발생하였다는 것은, 그 이전에 사회로부터 많은 부모들이 왕따를 당하고 있다는 방증이다. 그러한 상호관계의 핵심을 찔러야 문제가 근본적으로 해결된다.

4월 27일

권력 옆에 서는 사람은 해야 할 일을 하지 않는 이유를 설명할 때 곧잘 "하루아침, 하룻밤에 가능한 일이 아니라…"라고 말한다. 하루아침, 하룻밤에 안 되면 열 아침, 열 밤이든 백 아침, 백 밤의 시간을 들여서 하면 된다.

4월 28일

'이미 끝난 일은 후회해봐야 소용없다'라는 말로 후회는 아무짝에도 쓸모없는 것이라 생각게 하지 말라. 후회는 행동 후에 일어나는 법. 행동하기 전에 어떻게 후회를 하겠는가. 저런 말은 신경 쓰지 말라. 후회될 때는 철저하게 후회하자. 길이 열린다.

4월 29일

앞으로 나아가고 싶으면 걸어 나가라. 늦기 싫으면 서둘러라.

강을 건너고 싶으면 헤엄쳐라. 무언가를 갈망한다면 그 마음을 동사로 바꾸어라.

동사로 움직여야 그제야 이야기가 시작된다.

4월 30일

무슨 일이든 도중에 승패가 난다. 등산만 보더라도 정상이나 정상 부근에서는 거의 사고가 나지 않는다. 대개는 하산 도중이나 등산 도중에 일어난다.

무슨 일이든 도중에 전력을 쏟아라.

*

5월 1일

　본류와 주류를 식별하라.

　주류는 표층에서 요란한 소리를 내며 달리고, 본류는 저층에서 걸으며 흐름을 주도한다.

5월 2일

　학교 과목에서는 1 더하기 1은 언제나 2다. 하지만 아이들의 놀이를 보라. 진흙 덩어리 하나에 하나를 합하면, 덩어리는 두 배로 커지지만 개수는 하나다. 이 같은 경우도 부정하지는 않지만, 원칙적으로는 1+1=2라고 가르친다. 학교에서 가르치는 과목은 생활에 기초하여 생겨났고, 잘 살 수 있도록 이끌어주는 것이 목적이지만, 과목과 생활은 정작 중요한 부분에선 불일치한다.

5월 3일

　실패하면 아무 데도 가지 말라.

　자신으로 돌아가라.

　성공하면 더더욱 자신으로 돌아가라.

5월 4일

　평상시를 평상시라고 느낄 수 있도록 늘 주의를 기울여라.

　이상이 오면 바로 직감하고 대처할 수 있다.

　평상시를 평상시라고 느끼지 못하는 육체는 스스로를 지키지 못한다.

5월 5일

　계절의 순환과 인생의 흐름은 별개다.

　인생은 봄이었다가 겨울이 되기도 하고, 여름보다 가을이 먼저 오기도 한다.

　그 사람이 어떻게 사느냐에 달렸다.

5월 6일

   인생길을 여행길에 비유하는 문학인을 몇 번 만났다. 하지만 찬성할 수 없었다.

   하나의 여행길은 하나의 출발점과 하나의 목적지를 연결하는 길이며, 최대한 도중에 시간을 까먹지 않아 목적지에 예정보다 빨리 도착하면 도착할수록 기뻐하는 것이 보통이다.

   하지만 인생길은 다르다. 종말이라는 도착점은 예측한 한 지점 또는 한 곳이라고 장담할 수 없다. 지구 그 어디든 도착점이 될 수 있다. 하물며 도착점에 이르기까지의 과정에서 최대한 풍부한 경험을 하여 풍부한 결실을 맺는 것을 바람직하게 여긴다.

   그리고 종말에 도착하는 시기 또한 예정보다 늦으면 늦을수록 좋다. 사람의 인생과 당일치기 여행은 차원이 다를 뿐 아니라 정반대의 마음가짐이 요구됨을 명심해야 한다.

5월 7일

　못 하는 일과 의욕이 생기지 않는 일은 절대로 하겠다고 말하지 않는다.

　이것 하나만 지켜도 평생 속이 편하다.

　거짓말을 하면 목숨이 줄어든다.

5월 8일

　인류가 멸망한 후 지구를 지배하는 것은 개미일 거라는 이야기를 몇 명한테서 들었다. 정말로 그럴 가능성이 있다면 개미 사회의 현 상태와 인간의 현 상태를 대조함으로써 인류가 멸망을 피할 수 있는 하나의 지침을 발견할 수 있을 것이다. 하지만 그런 연구 보고는 한 번도 들은 적이 없다. 무책임하게 멸망을 논하면 멸망을 재촉하게 된다.

5월 9일

지금 당장 옆 사람에게 가장 많이 마음을 쓰라.

옆 사람이 최대의 적이 될 수도, 최강의 벗이 될 수도 있다.

5월 10일

인류의 생활사를 살펴보면 언제 어떤 경우든 가장 가까이에 있는 이웃이 서로에게 가장 의지 되는 아군이었다. 그럼으로써 몇백 만년이나 인류의 명맥을 유지하여왔다.

그런데 오늘날은 어떤가? 가장 가까이에 있는 옆 사람은 물론 오늘날에도 최고의 아군이 될 수 있지만, 동시에 가장 무서운 적이 될 수도 있다.

이를 두려워할 줄 알아야 한다. 어째서 이렇게 되었는가? 그럼 어떻게 해야 하는가? 인류여, 자문하고 자답하지 않아선 안 된다.

5월 11일

분노는 귀하다. 그래서 말하고 싶다.

분노한 상태로 말하지 말라.

분노를 진정시킨 후에 평상시 목소리로 분노를 말하라.

5월 12일

남을 욕하고 싶은 마음이 들면 자신에게 욕하라. 좋은 공부가 된다.

5월 13일

자신이 사람이라는 사실에 책임감과 자긍심을 확실하게 가져라.

그러면 평생 꽃이 피고 결실이 맺힌다.

토대가 좋지 못하면 그 외의 어떤 것을 해도 안 된다.

5월 14일

자기 결점을 스스로 인식하면서도 이를 고치려 하지 않고 계속 어물어물 넘기면 결점의 해악이 몇 배로 심해진다. 이것이 인간의 결점이다. 결점이란 그런 것이다.

5월 15일

과거는 언제나 습작이다.

과거는 죽어 있는 시체가 아니다.

현재에도 살아 숨 쉬고 미래에도 살아 숨 쉬면서 이어져 나간다.

이를 통감하지 않으면 역사의 발걸음에서 뒤처진다.

5월 16일

사람의 발자취를 허투루 보아선 안 된다. 그 발자취가 사람을 살려왔다. 확실하게 발자취를 남기며 살겠다고 마음에 새기자.

5월 17일

길의 분기점은 깨닫고 나서 들어선다.

인생의 분기점은 들어선 후에야 깨닫는다.

그럼 어떻게 살아야 할까?

대답은 첫 번째 분기점에서 어떻게 들어섰는가로 결정
난다.

5월 18일

길을 가는 자는 길을 사랑한다.

잠시 딴짓하는 시간도 길의 일부다.

어루만져주어도 좋고, 길목에서 잠시 딴짓을 해도 좋
다.

딴짓하며 어떤 게 나에게 양분이 되는지 이것저것 시험
하는 것은 길 가는 자의 기쁨이자 권리다.

처음부터 덮어놓고 딴짓은 나쁜 것이라 비판하는 불완
전한 모럴은 길에 묻어버려라.

5월 19일

　도로는 자신의 두 눈과 두 다리를 비롯한 온몸으로 감지하며 걸어간다. 하지만 인생길은 다르다. 전체적인 모습을 온몸과 온 마음으로 감지하려 애쓰지만 언제나 알 수 있는 것은 반절뿐이다. 남은 반절은 시간이 흐른 후에야 정확하게 감지할 수 있다.

　고로, 자신을 스스로 예측하고, 자기 자신을 위해 무엇을 어떻게 준비하는가에 따라서 자신의 인생 모습이 결정된다.

　당신은 당신의 내일과 모레와 글피를 예측하고 준비하며 오늘을 살고 있는가?

5월 20일

　인간의 유대는 자동사다. '만드는 것'이 아니라 '생기는 것'이다. '맺는 것'이 아니라 '맺어지는 것'이다.

　동료는 모으는 게 아니다. 모이는 것이다.

　자동사와 타동사의 차이를 배워라.

5월 21일

실제로는 간단하게 해결되는 문제일수록 지극히 어려워 보인다.

세상사의 흔한 겉모습이다. 참으로 어처구니가 없다. 명심하고 절대 속지 않으리라.

5월 22일

작은 것을 우습게 생각지 말라. 쫄쫄쫄 흐르는 물이 흐름을 형성하고 바다를 만든다.

성냥 한 개비가 대형 화재를 일으키고, 양동이 하나의 물로 대형 화재를 예방할 수 있다.

그러므로 작은 일을 성심성의껏 하는 자가 큰일도 해낸다.

5월 23일

목적이 방법을 낳는다. 방법이 효과를 낳는다. 효과가 다음 목적을 낳는다.

이 회로를 가동시키는 것은 출발할 때의 목적이다.

5월 24일

부유한 자는 세상의 기쁨을 풍요롭게 하지 않는다. 가난한 자들이 세상의 기쁨을 뒷받침한다. 이 모순을 차단하는 사회가 진실로 풍요로운 사회다.

5월 25일

안 할 거면 손가락 하나도 꿈적하지 않는다.

할 거면 확실하게 목숨 걸고 한다.

어중간하게 하며 목숨을 부패시키지 말라.

도쿄외국어학교 시절

5월 26일

도쿄외국어학교에 재학 중이던 열여덟 살 때의 어느 날, 외국어 작문 시간에 '반신반의半信半疑'라는 말을 그대로 직역하여 영어로 작문하였다. 그러자 외국인 교사가 나에게 "일본인은 어째서 적당히 얼버무리는 말을 쓰는 거죠?" 라며 "믿는다는 건 일절 의심하지 않는 겁니다. 반신반의라는 건 있을 수 없는 일이에요"라고 꾸짖었다.

그때 얼마나 낯이 뜨거웠던지 80년이 지난 지금도 선명하게 기억한다. 일본인 모두가 신용에 대하여, 신뢰에 대하여, 또는 우정과 연애에 대하여 근본적으로 올바른 마음가짐으로 다시 공부하여야 한다.

5월 27일

만족은 정상까지 가지 말라. 도중에 그만두라.

실의, 실망, 낙담은 결코 도중에 그만두지 말라. 밑바닥의 밑바닥까지 가라. 효과는 해보면 안다.

5월 28일

교육教育이란 가르쳐教 길러내는育 것이 아니다. 함께共 성장하는育 것이다.

서로 배우며 서로의 내면에서 플러스를 이끌어내는 동지적 작업이다.

5월 29일

자연이야말로 인류의 스승이다.

모든 교과서와 학습 도구를 자신의 온몸으로 인류에게 계속 부여해왔다.

이러한 자연을 순순히 스승으로 받아들이면 인류는 치명적인 과오를 범하지 않을 것이다.

5월 30일

"어떻게 살 것인가?"라고 자문하고 이를 신경 쓰는 것은 어리석은 짓이다. 중요한 것은 '나라는 사람은 무엇을 위해 살고, 무엇을 위해 일한 것인가?'라는 물음에 확실하게 자답하는 것이다. 명확한 목적의식은 성취에 도움이 되는 방도를 명확하게 가르쳐준다.

5월 31일

1936년 4월 호치신문사報知新聞社에 채용되어 입사한 날에 편집국장이 물었다.

"입사 시험에서 자네가 2등을 하였네만, 어째서인 줄 아는가?"

내가 고개를 가로젓자 국장이 말하였다.

"면접 때 수험생 전원에게 같은 질문을 하였네. 붉은색과 검정색 중에서 무엇을 좋아하냐고. 자네는 붉은색은 일반적으로 진심을 상징하고, 검은색은 속이 시꺼먼 느낌이라 붉은색을 좋아한다고 하였지. 수석을 차지한 S군은 현 사회에서 붉은색은 공산주의를 나타내고, 검은색은 파시즘을 나타내기 때문에 둘 다 싫다고 하였네. 나머지 합격자 8할은 아무런 생각 없이 그저 색 자체의 선호도를 말하였고. … 그래선 안 돼."

나는 부끄러워 얼굴이 상기되었다. S군과 꼭 친해지고 싶었지만, 그는 호치신문사에 한 번도 나오지 않았다. 출신대인 도쿄대학의 권유로 예술교육 분야에서 일하기 시작하였는데 곧 결핵으로 쓰러져 사망하였다고 한다. 시대의 격류와 싸우며 일하기 위해서는 두 가지가 필요하다. 시류의 냄새를 날카롭게 식별하는 생활력과 다부진 생명력이다.

＊

6월 1일

승패는 결론이 아니다.

출발점이다.

6월 2일

승리하였다고 지나치게 기뻐하지 말라.

승리는 패배의 예약 티켓이다.

패배하였다고 과하게 슬퍼하지 말라.

하루에 두 번의 부끄러움은 없고, 두 번의 밤도 없다.

6월 3일

완성되었다고 생각될 때 20%를 더 전진하라.

사람이 하는 일은 120%의 노력으로 100%를 이룬다.

6월 4일

×년 계획이라 말하고 ×년 안에 완수하는 사례는 거의 보기 힘들다.

세대 간에 연대하여 '목적 성취까지 몇 년, 몇십 년, 필요하면 몇백 년이라도 지속해나갈 계획'을 수립해보면 어떨까?

6월 5일

인내를 칭찬하지 말라. 인내 그 자체는 미덕이 아니다. 오로지 인내만을 위한 인내는 하지 않는다. 그럴 바에야 나 하고 싶은 대로 한다. 참아선 안 되는 것과 참을 필요가 없는 것은 참지 않는다. 바람직한 상황을 만들기 위해 참는다. 당연한 것이다. 그뿐이다.

6월 6일

'인생이란 무거운 짐을 짊어지고 산길을 걷는 것과 같다'는 말을 받아들이지 말라. 누구의 인생이든, 억지로 짐

을 짊어지고 산길을 오를 때도 있고, 자진하여 짐을 짊어
지고 하산할 때도 있고, 짊어지고 싶어도 짐이 없을 때도
있는 법이다. 인생이란 무엇일까? 좀 더 천천히 부드럽게
자신의 인생을 받아들이자. 인생이란 내가 나를 천천히
음미하는 것이다.

6월 7일

실패하였으면 그 현장에서 삼일 밤낮을 보내라.

먹고 자며 실패 원인이 무엇인지를 충분히 생각하라.

그러면 같은 실수를 하지 않는다.

6월 8일

상황의 흐름이 자신의 예상과 다름을 깨달으면 자신의
예상이 빗나간 이유를 납득하기 전까지는 자신의 판단에
집착하게 된다.

잃은 것은 하나뿐이다.

당황하여 상념을 일으키면 여러 개를 잃는다.

6월 9일

꼴찌는 창피한 게 아니다. 꼴찌가 있기 때문에 줄이 생긴다.

지금 나는 어떤 것에서든 꼴찌다.

그래도 충분히 인생의 의의로 충만하다.

6월 10일

초등학교 운동회에서는 언제나 꼴찌였다. 하지만 창피하지 않았다. 그렇지만 욕구 불만은 있었다. 아이들이 골인 테이프를 끊으면 선생님 세 분이 달려와 1등과 2등, 3등에게 깃발을 건네며 어깨를 두들겨주었다. 4위 이하의 아이들에게는 눈길도 주지 않았다.

당시에는 그저 쓸쓸할 뿐이었지만, 98세가 된 지금은 분노의 일갈을 하고 싶다. 먼저 태어난 자가 나중에 태어난 자 모두에게 먼저 태어난 자다운 배려를 해야 '선생先生'인 것 아닌가? 선생님들! 그렇지 않습니까?

6월 11일

출발 신호만 보내고 스톱은 못 하게 하는 자는 그것이
누구든 인류의 적이다.

올라갈 때든 내려갈 때든 브레이크를.
평지를 갈 때도 브레이크를.
자신을 계속 유지하기 위해.

6월 12일

전철이 잇따라 스피드를 올릴 때 나는 두렵다.
인체, 즉 생명의 이동에는 적당한 느긋함이 필요하며
그 이상은 바라지 않는 게 생명의 모럴 아닐까?

6월 13일

타인의 신뢰를 배신하는 사람은 판사도 잃고, 검사도 잃
고, 마지막에 자신이 자신한테 판결을 내린다.

6월 14일

은인을 처음에는 신으로 떠받든다.

그러다 빨리 사라져주길 바란다.

배신한 자신에게 스스로 어떤 판결을 내릴 것인가.

6월 15일

남에게 칭찬받는 게 뭐 대수겠는가. 진심을 담아 스스로 칭찬하는 것이야말로 인간의 지극한 행복이지.

6월 16일

밤에 잠자리에 든 직후의 10분을 활용하고 싶다. 그날의 경험을 다시 곱씹어보고, 내일의 나를 스스로 격려한다. 이를 계속한다. 자기 전 10분이 눈뜬 후 하루에 꽃을 더해준다.

6월 17일

길었던 과거를 뒤돌아보면, 난 스스로 '열심히 하자!'라는 말을 너무 많이 하였다. 남에게도 "열심히 해!"라고 너무 많이 한 것 같다. 침묵 속에서 열심히 하기 시작해서 계속해서 열심히 하는 것. 그것이 진짜다.

6월 18일

청경우독晴耕雨讀하는 라이프스타일을 고정화하지 말자. 인간이 작아진다. 반대로 우경청독을 하든, 그 외의 다른 방식으로 살든, 아무튼 자기 인생은 자신의 방식으로 경작하자.

6월 19일

분노는 반드시 진정시켜 평상심으로 되돌려놓아라.
남은 불이 큰 화재의 원인이 된다.

개와 노는 모습

6월 20일

기른 지 삼 년 된 개에게 말하였다.

"넌 밥만 먹지, 일은 하나도 하지 않는구나!"라고.

개는 멀뚱히 날 쳐다보다 어디론가 달려가 절인 연어 한 마리를 입에 물고 돌아왔다. 나는 근처 생선가게로 달려가 연어값을 치렀다. 개를 키울 거면 그냥 키워라. 쓸데없는 말은 하지 마라.

6월 21일

　황혼은 결실이 맺히는 시각이다. 충분히 기뻐하며 맛보라. 외로워하는 것은 바보다.

　해는 해 질 녘에 사람들을 위로하고, 달래고, 격려한다.
　황혼에게 응석 부리자.
　땅거미는 안심하고 앉을 수 있는 의자다.

6월 22일

　화려하게 피어난 모습보다 낙화하여 바닥에 떨어진 모습이 삶의 정수라 여겨지고 사랑스럽다.
　낙화함으로써 이미 내일을 태동시키고 있는 것이다.
　그것이 피어나지 않겠는가.

6월 23일

상냥한 배려에서 나오는 에너지는 맑고 따뜻하다. 그 온기는 사람들을 안심시켜주고 활력을 북돋아준다. 무척 귀중한 것이 아닐 수 없다. 차가워서는 안 된다. 내가 아는 어떤 사람은 굉장한 재능을 가지고 있었지만, 어째서인지 생각과 말과 행동이 차가웠다. 결국 그의 재능은 결실을 맺지 못하였다. 차가우면 꽃이 피지 않는다. 일을 끝까지 완수할 생각이면 자신의 빛과 열로 계속 발광하여야 한다.

6월 24일

나는 스물세 살 때부터 담배를 피우기 시작하였다. 기자로서 사람을 만날 때 대담 중에 휴식 시간을 갖기 좋다고들 해서 시작하였다. 그러다 중독되어 하루에 50~70개비나 피웠다. 금연하기로 여러 차례 결심하였지만 매번 작심삼일로 끝났다. 결국 일흔 살에 그만두었다. 눈에 문제가 생겨 도쿄에 있는 병원에 갔다. 담당 의사는 서른 즈음으로 보였다. 진료와 치료가 끝난 후 그 젊은 의사가 말했다.

다이마쓰신문사 시절(1964년)

"당연히 담배를 끊는 게 좋습니다만, 보나 마나 못 끊으시죠?"

복도로 나오자마자 나는 옷 주머니 속을 뒤졌다. 담배 한 갑에 일곱 개비가 남아 있었다. 담뱃갑째 찌그러뜨려 복도 쓰레기통에 버렸다. 그날 그때부터 지금까지 한 개비도 피우지 않았다. 동정하는 듯한 젊은이의 그 말에 나 자신에게 분노가 폭발하여 결심한 것이다. 생각해보면 인간이란 참 신기한 생명체다. 굴욕을 느낀 것을 계기로 자신을 바꾸다니.

6월 25일

그곳이 어디든, 그때가 언제든 여행자가 겉옷을 벗는 것은 거센 강풍이 불 때가 아니라 햇볕이 따뜻하게 비출 때이다. 부드러운 힘만큼 강력한 것이 인간 세상에 또 있을까? 한번 둘러보라. 진정으로 강한 것은 모두 연약해 보이는 모습과 형태로 존재한다. 강한 척을 할 필요도 없거니와, 강한 태도를 유지하면 지친다.

6월 26일

사람의 손은 제아무리 발돋움한들 지붕에 닿지 않는다. 발은 아무리 빨리 움직인들 시속 10km이다. 인체의 움직임을 관장하는 손발의 능력은 지극히 한정적이다. 하지만 사람의 상념은 눈 깜짝할 사이에 지구 한 바퀴를 돌 수 있다. 무한에 가깝다. 상반되는 능력이 하나의 육체에 복합되어 있다. 이는 인체의 상태일 뿐 인간의 특징은 아니다. 지극히 한정된 능력과 거의 한정 없는 능력을 함께 갖고 있으면서 무엇을 할 것인가? 하지 않을 것인가? 할 수 있는가? 할 수 없는가? 하지 않을 것인가? 이것으로 동물과 다른 인간의 특질이 입증될 터이며, 입증해야 하지 않을까? 지금 내가 말할 수 있는 것, 나 자신에게 말할 수 있는 것은 한 가지이다. 무엇을 하든, 무엇을 생각하든 상반하는 두 능력과 두 요소를 분리해서는 안 된다.

6월 27일

산 정상에 선 사람의 머리는 산 정상보다 높다. 그렇다고 스스로 가장 높은 곳에 있는 양 자만하면, 그 사람의 머리는 산기슭보다 낮은 곳으로 떨어진다.

6월 28일

생명은 탄력을 원한다. 어떻게 하면 탄력이 좋아지는가?

일할 때는 진지하게 일하고, 쉴 때는 진지하게 쉬면 된다.

6월 29일

"도호쿠東北(일본 혼슈 동북부에 있는 아오모리현, 이와테현, 미야기현, 아키타현, 야마가타현, 후쿠시마현의 6개 현을 말한다.-역자 주) 지방 사람의 마음가짐과 생활 태도는 끈기가 있고 강인하다"고 칭찬하는 말을 곧잘 듣는다. 그것이 사실이라면 그 강인함은 어디서 왔을까? 도호쿠 지방 사람인 나는 도호쿠 사회의 과거를 다시 돌아보지 않을 수 없었다.

우리 도호쿠 사회는 1,300년 전 나라奈良 왕조 때부터 국내 식민지로서 착취당하였다. 그 후 무사가 지배한 시대에는 더욱 지독한 취급을 받았고, 그리고 메이지유신 정부로부터는 도적 패거리 취급을 받았으며, "시라카와 관문의 북쪽 땅은 산 하나에 100푼밖에 하지 않는 척박한 땅뿐"이라며 차별당하였다.

상황은 나아지지 않았다. 내가 도쿄외국어학교에 입학한 것은 1932년이었는데, 우리 반의 한 도쿄 토박이가 "우리 반에 도호쿠 지방의 산원숭이가 한 마리 섞여 있네!"라며 일부러 내게 들리게 말하였다. 당시에는 매일 아침마다 신문을 보는 게 괴로웠다. 흉작과 낮은 쌀값 때문에 신음하는 도호쿠 농촌에서 도쿄의 요시하라와 다마노이 유

곽으로 괴나리봇짐 하나를 들고 팔려온 아가씨들의 사진
이 실려 있었다. 그뿐만이 아니었다. 도쿄에 취직한 도호
쿠 지방 젊은이가 사투리로 말하자 동료들이 바보 취급하
며 괴롭혀 자살하였다는 기사도 실리곤 하였다. …

지금, 동일본 대지진과 그에 이은 후쿠시마 원자력발전
소 사고라는 더블 펀치로 신음하는 도호쿠 지방 사람들에
게 같은 민족이라는 연대감의 마음을 기울여주고 계신 여
러분! 그 어떤 지방 차별도 용서치 않고 이 세상에서 완전
히 없애기 위해 함께 힘을 모아야 하지 않을까요?

6월 30일

동일본 대지진 피해 지역의 재정비가 좀처럼 진척이 없
다. 이대로는 부흥의 날이 오지 않을 것 같다는 슬픈 목소
리가 현지에서 들려온다. 전 세계로부터 전례 없는 지원
과 연대의 에너지를 받고 있지만, 정작 우리 주변은 여전
히 근심으로 가득 차 있다. 도호쿠 지방에 사는 주민의 한
사람으로서 내 의견을 말해보겠다.

문제는 원자로 계획이 도호쿠 각지에 들어왔을 당시의

사회 현상이다. 핵에너지 처리에 동반되는 위험의 심각성은 모두가 안다. 그래서 계획이 발표된 당초에는 관계 지역 주민의 약 90%가 반대하였다. 그런데 1년에서 1년 반이 지나자 주민의 약 90%가 찬성으로 돌아섰다. 무슨 일이 있었던 것일까? 도쿄전력과 온갖 행정기관은 물론 다수의 대학교수까지 가담하여 원자력은 안전하다는 신화를 계속해서 발신하였다. 관계 주민의 마음을 바꾸기 위한 유·무형의 온갖 공작이 추진되었다.

이런 사정으로 말미암아 관계 지방 주민은 피해자인 동시에 이를 허락한 가해자 측에 자신이 서 있다는 자책감에 빠져 있는 듯하다. 그래서 결단을 내리지 못하는 게 아닐까? 이중적 사정이 뒤얽혀 발생하고 있는 마이너스적인 상황을 극복해야 하지 않을까? 향토를 회생시킬 길에 전력을 쏟아야 한다.

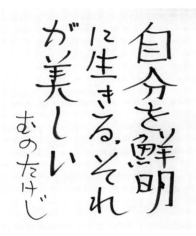

선명하게 나로 산다. 그것이 아름답다 - 무노 다케지

여름 학기
- 선명하게 나로 산다.
그것이 아름답다

7월 1일

거대한 기계도 작은 부품의 집합체인 것처럼 사람의 일생 또한 일 분, 한 시간, 하루의 집적이다. 일생이라거나 평생이라거나 일평생이라고 말할 때 그 가운데 몇 분만 죽어도 모두 소멸한다는 사실을 가슴에 새기자.

7월 2일

1970년대 중국에서 프롤레타리아 문화대혁명의 파도가 높아졌을 때 중국의 정황을 40일 동안 걸어 다니며 둘러보았다. 그때 '노년층·장년층·청년층 3세대의 결합!'이라는 구호에 감명 받아 흥분했었다. 40여 년이 흐른 지금, 일본 열도의 일각에서 내 심장이 외친다.

"노년층·장년층·청년층·소년층·유년층 5세대를 결합시키자!"

7월 3일

어린 생명은 생후 몇 년간 어른들의 보호 없이는 살 수 없다. 그와 동시에 어린 생명은 이 시기에 실패하면 평생이 사라지고 만다. 그야말로 이 시기가 인생의 토대이다. 유·소년기는 그야말로 평생을 결정하는 뿌리이자 줄기이다. 그런 아이들을 어째서 "아기야!", "아가야!"라며 애완동물 부르듯 하는 걸까?

7월 4일

비상사태가 발생하면 즉시 가장 가까이에 있는 사람끼리 둘씩 손을 잡고 서로 돕는다. 이것이 인류의 모럴이구나.

7월 5일

우리 집 아이와 남의 집 아이를 비교하여 좋은 아이라는 둥 나쁜 아이라는 둥 말하는 사이에 구별하게 되고, 차별하게 되고, 이윽고 박해하기에 이른다. 비교하지 말자.

7월 6일

비교는 선별과 구별과 차별의 입구이다. 전시 중에 문부성은 국정 교과서를 '착한 아이를 위한 국어', '착한 아이를 위한 산수'라고 불렀다. '나쁜 아이를 위한'이라는 말은 한 번도 하지 않았지만, 이로써 아이들은 양분되었고, 이윽고 명령과 복종으로 이루어진 군대에 동원되었다. 그리고 300만 명이 넘는 사람이 전쟁터에서 병사하였다.

7월 7일

선조 선배들은, 재산과 기술은 부모가 자식한테, 이 세상을 헤쳐나갈 지혜는 조부모가 손자한테 전하였다. 그런데 오늘날은 어떠한가? 소사이어티=생활 공동체라면 유형과 무형의 살아 있는 지혜에 대해 규칙과 모럴을 확립하였을 것이다. 이것이 무너지면 마을, 고장, 촌락이라는 공동체가 공동화된다.

7월 8일

옛것을 그대로 반복하는 것에는 그 나름대로 의의가 있을 것이다. 시간의 변화와 함께 옛것을 이래저래 변형하는 것에도 그 나름대로 의의가 있을 것이다. 어쩌면 그 이상의 의의가 있을지도 모른다. 다음에 손자 녀석들을 만나면, "할머니는 산으로 나무를 베러 갔습니다. 할아버지는 강으로 빨래를 하러 갔습니다. 그랬더니…"라며 새로운 옛날이야기를 들려줘봐야겠다.

7월 9일

"잘 자라, 우리 아기 착한 아기"라는 둥 "자장자장 자장자장, 잘 자네, 우리 아기 착한 아기"라는 둥 자장가는 어째서 아이들을 재우지 못하여 안달일까? 아기들이 건강하게 성장하길 바란다면 "자! 눈을 크게 뜨고 세상의 모습이 어떠한지 잘 보거라"라고 해야 하지 않나?

7월 10일

아이를 아직 어른이 되지 못한 작은 인간, 즉 어린애로만 보는 어른은 나이만 많이 먹은 어린애다. 아이를 나이 적은 어른으로 파악하는 사람이 진정한 어른이다.

7월 11일

젊음이 자랑거리라면 늙음도 부끄러움이 아니다.

젊음이 자랑거리라면 늙음은 더더욱 자랑거리이다.

만약 늙음이 부끄러움이라면 젊음은 더더욱 부끄러움이다.

7월 12일

젊은이를 친구로 삼는 노인은 잘 웃는다.

노인을 친구로 삼는 젊은이는 잘 생각한다.

7월 13일

교육敎育이란 무엇인가? 교육이라는 한자를 형태적으로 보면 아이에게 이것저것을 가르쳐 길러내는 은혜를 베푸는 듯한 이미지인데, 과연 그럴까?

오늘날 전 세계에서 쓰이는 에듀케이션이라는 말은 라틴어 동사 에두카티오educatio에서 유래하였다. '이끌어내다'라는 뜻이다.

젊은 사람의 내부에 있는 것을 이끌어내어 빛을 비추고 성장시켜야 할 것은 성장시키고 개선할 점은 개선하기 위해 힘을 서로 합치는 것, 그것이 교육에 대한 통념이다.

일본 젊은이들이 새로운 인류사를 만들어가는 작업에 타국 젊은이와 함께 참여하기 위해서는 그들의 학교생활이 세계적 통념에 입각한 것이어야 한다. 그렇지 않은가?

7월 14일

아키타현에 위치하는 로쿠고초등학교에 다녔을 당시, 이나바 가쓰조라는 아키타현 가쿠노다테마을(현재의 센보쿠시) 출신의 청년이 교사로 부임해와 우리들 5학년을 담당하였다. 다른 교사와 다른 점이 바로 눈에 띄었다. 우리 학생들을 자기 친구처럼 대하였다. 교과 과목을 가르칠 때도 내용을 주입하지 않고 같이 논의하고 생각하였다. 우체국장의 집에서 하숙하였는데, 학생들에게 밤에 오고 싶으면 누구든지 와도 괜찮다고 말하였다. 나는 매일같이 밤에 찾아갔는데, 다다미 8장(약 4평-역자 주)짜리 방은 언제나 학생으로 가득하였다.

그런 이나바 선생님이 학생들을 때린 적이 있다. 선생님은 학교 용무를 보러 다른 마을에 갈 일이 생겨 학생들에게는 자습을 하라며 여러 가지 준비를 해놓고 출타하였다. 그사이 학생 50명 중 20명이 옆 학교 운동회를 구경하는 것도 일종의 공부라며 그걸 보러 갔다. 이 일이 사흘 후에 문제가 된 것이었다. 이나바 선생님은 "사람과 사람이 한 약속을 지키지 않는 사람은 근성을 바로잡아주어야 해. 내가 그걸 해주마"라며 학생 20명을 복도에 줄을 세웠다. 그리고 팔을 걷어붙이고 학생들의 볼을 차례로 있는 힘껏 후려쳤다. 10명가량을 때렸을 즈음 선생님은 "내 손이 다 아프구나"라고 하였지만, 그래도 끝까지 다 때렸다. 맞지 않은 30명 가운데 매 맞은 20명을 비난한 학생은 아무도 없었다. 오히려 "이나바 선생님께 맞지 못하다니 난 운이 안 나빴어"라며 아쉬워하였다. 나도 그중의 한 명이다. 이나바 선생님이 학교 내 다른 선생님들에게서 "자유주의 교육이로군! 저걸 교육이라고 하나?"라며 비난받고 있는 걸 학생들도 알고 있었다. 선생님은 1년 만에 그만두고 다른 곳으로 갔다. 이렇게 글을 쓰고 있는 지금도 매 맞지 못한 나의 양 볼이 근질근질하다.

7월 15일

세상이 혼란에 빠지기 전에 으레 교육이 먼저 혼란에 빠진다. 심각한 불행의 연쇄 작용이다. 일본이 미국의 뒤를 잇는 세계 2위의 경제 대국이라 자만하며 어리석은 짓을 하기 시작하였을 때 문부성(당시)이 공교육에 내건 방침은 다음의 세 가지였다.

'하나, 인적 자원의 개발'=청소년을 경제 활동을 위한 부품으로 취급하였다.

'둘, 애국심 양성'=세계는 글로벌리즘을 향해 가속하고 있는데 어째서 낡은 파시즘 사상을 들먹이는가?

'셋, 교육에 자본을 도입'=메이지 이래 공교육 현장은 국가가 직접 책임져왔는데 어째서 이곳을 주식회사의 일터로 허락하였나?

이러한 사실들을 보면 최근 30여 년간 일본 사회가 질서 없이 혼란스러운 것도 당연한 이치라 할 수 있다. 하지만 비관하지는 않는다. 원인과 결과가 정확하게 일치하므로 그 안에 해결책이 있다.

7월 16일

인간 존중, 이것이야말로 인간 모두의 최고의 구호이다. 인간을 존중하는 일, 이것이야말로 만인의 마음가짐.

7월 17일

　사람과 사람이 진심으로 협력하기 위해서는 서로 존경하고 존중하는 대등한 입장이어야 한다. 이인삼각 달리기를 보라. 한 줄로 서서 함께 나아가야 한다. 전후 고저의 차이가 있으면 한 팀이 되어 이인삼각을 할 수 없다.

7월 18일

　실수하였다고 후회한다. 나와 내 자식과의 관계에 대하여. 여섯 명의 자식 가운데 한 명은 어린 나이에 죽고, 다섯은 지금 60, 70대다.

　이 아이들이 태어났을 때부터 지금까지 "~씨", "~군"을 붙이지 않고 그냥 이름으로 불렀다. 그냥 이름으로 불러야 더 친근하고 서로 마음이 잘 통할 것으로 생각하였다.

　실수였다. 처음부터 이름 뒤에 경칭을 붙였어야 했다. 다섯 명의 아이들이 모두 우리를 "어머니", "아버지"라고 처음부터 지금까지 존칭으로 불렀다. 우리는 전혀 그렇지 않았는데.

7월 19일

부모 자식과 부부와 형제는 서로 이해하고, 힘을 합치고, 사이좋은 게 당연하다. 그런데 세상에서는 도호쿠 지역 농촌 사람들은 실제로 사이가 좋다며 "그 동네 부부는⋯", "그 동네 가족은⋯"이라며 화제로 삼곤 한다. 어째서일까? 이상하지 않은가?

7월 20일

농사짓는 어느 가족하고 친하게 지내고 있다. 매년 가을에 수확한 농작물을 보내준다. 그걸 먹으면 일가의 모습을 보지 않고도 알 수 있다. 감자와 호박이 맛있을 때는 친구 가족 모두가 씩씩하고 명랑하게 지낸다. 맛이 없을 때나 맛이 신통치 않을 때도 있었다. 가족 모두가 병에 걸려 힘든 시간을 보냈을 때였다.

7월 21일

탈피하지 않는 뱀은 죽는다. 탈피하지 않는 인간은 자신이 가진 소중한 것을 스스로 죽게 만든다.

7월 22일

같은 나무에 매년 같은 꽃이 피는 것을 반복해서 보았다. 그런데 이러한 태도는 옳지 않다는 생각이 들어 반성하였다.

꽃은 생명체이다. 꽃이야말로 생명체라고 말해야 할지도 모르겠다. 날씨뿐 아니라 사회 상황 전반의 영향을 받는 게 분명하다.

이것이 당연히 매년 꽃의 모습에 나타날 터인데 나는 그것을 신경 써서 본 적이 없다. 올해의 벚꽃 개화 정보도 "작년보다 X일 빨리, 예년보다 Y일 빨리…"라는 부분만 신경 써서 들었다.

사람들은 말로는 꽃구경을 한다면서 실제로는 꽃을 보지 않는 게 아닐까?

7월 23일

이 지구상에 너는 너뿐, 나는 나뿐. 세상의 모든 기계와 재료와 기술자를 모아도 또 한 명의 너와 또 한 명의 나를 만들지는 못한다. '하나뿐인', '둘도 없는'이라는 말이 얼마나 묵직한 말인지 모른다. 그 무게를 충분히 음미하며 하루하루 서로 소중히 여기며 살아가자.

7월 24일

자신을 위로하는 것과 자신의 응석을 받아주는 것을 혼동해서는 안 된다. 혼동하면 가는 것과 오는 것만큼 달라진다. 결코 응석은 받아주지 말되 충분히 위로해주자.

7월 25일

신과 부처는 인간의 창조물이다. 갈구하는 마음을 담아서 만든 창조물에는 좋고 나쁨이 없다. 하지만 자신이 만든 것 앞에 머리를 조아리고 엎드려 자신의 능력을 부정한다면 이보다 어리석은 짓은 없다. 인간을 구원할 수 있는 것은 인간뿐이며, 온 힘을 다해 구하고자 하면 반드시 구할 수 있기 때문이다.

7월 26일

나는 1915년 1월 2일 아키타현에서 태어났다. 같은 날 그 만담가는 나가노현에서 태어났다. 그가 라디오에서 말한 것을 듣고 알았다.

예순 살이 넘은 어느 날이었다. 5대 야나기야 고柳家小 씨가 오카치마치 방면에서 걸어왔다. 나는 우에노역의 서쪽 출구로 막 나온 참이었다. 두 사람은 만난 순간 잠시 걸음을 멈추었고, 둘 다 모자에 손을 가져다 댔고, 거의 동시에 "여어!" 하고 말하곤 헤어졌다. 양쪽 육체가 둘 다 무언가를 느낀 것일 테지.

그렇다. 사람은 모두 서로에 대해 아무것도 모르더라도 함께 인간인 형제를 셀 수 없을 만큼 가지고 있다.

7월 27일

아이는 그저 자그마한 인간이 아니다.

아이들의 생명의 발걸음 소리를 듣자.

아이들은 그야말로 새로운 시대를 여는 인간이다.

7월 28일

타박타박 천천히 아이들과 노인들이 손을 잡고 길을 간다.

천천히 타박타박. 기뻐하자. 인류는 안녕하다.

7월 29일

인간의 일생이란 태어난 첫날부터 태양으로부터 빛과 열을 받고, 마지막 날까지 계속 그런다. 받기만 하는 인생은 부끄럽다. 평생 중에 적어도 두 번이나 세 번은 스스로 발광하고 발열하여 이를 세상의 필요한 곳에 바치고 싶다. 당신은 그렇지 않은가?

7월 30일

아사히신문 시절의 동료 이리에 도쿠로가 "무노 군의 별명은 주먹밥이야!"라고 하였다. "무노가 무엇을 하고 있는지 보면 대개 주먹밥을 먹고 있더라고!" 하는 것이었다.

딱히 기억나진 않지만, 확실히 어릴 때부터 주먹밥을 좋아하였다. 앞으로 1년 후면 백 살이 되는 지금도 하루에 한 번은 주먹밥을 다른 반찬 없이 먹는다.

맛있다. 몸속이 따뜻해진다. 미각은 인생의 파트너라는 생각이 든다.

7월 31일

여섯 살 때 마을 축제를 보러 갔더니 차례로 하늘에서 불꽃이 터지고 있었다. 불꽃과 함께 동그란 풍등이 하늘을 수놓고 있었는데, 아이들은 그걸 '달'이라 부르며 잡으려고 뛰어다녔다.

나도 하나를 쫓아갔고 잡았다고 생각한 순간 늪에 빠져 푹푹 가라앉고 말았다. 물이 입 근처까지 차올랐다. 수영을 전혀 못 하였기 때문에 죽을 줄로만 알고 겁먹은 순간 훅하고 커다란 손길이 내게로 뻗쳐온 것을 느꼈고, 그 손은 나의 목덜미를 잡고 끌어올려 땅 위에 내려놓았다. 주변을 둘러보았지만 아무도 없었다. 이름조차 모르는 사람의 도움을 받고 나는 어린 나이였음에도 자신의 생명에 대한 자신감과 책임감을 느꼈다.

이 경험을 하고 생각하였다. 인류의 일원인 우리는 어딘가에서 어떤 식으로든 이름도 모습도 모르는 사람들에게 도움을 받으며 살고 있는 게 아닐까?

*

8월 1일

대립을 한 쌍으로. 적대를 화해로. 서로 다른 별개의 것이기에 더더욱 서로 이해하는 한 팀이 되기도 한다. 그 길을 충분히 개척하자. 모습이 확 바뀔 것이다.

8월 2일

가부키(음악과 무용, 기예가 어우러진 일본의 전통 연극-역자 주) 극장 재건에 관한 뉴스를 들으니 친구의 얼굴이 문득 떠올랐다. 도쿄외국어학교 입학 당시 옆자리에 앉아 있던 마에바시시 출신의 에바라 다케시 군이다. 내가 좋아하지 않는 상급 군인의 아들이라는 말을 듣고 처음 한 학기 동안은 제대로 말 한마디 섞지 않았다.

그런데 여름방학 때 어찌어찌 편지를 주고받다 보니 친근하게 느껴졌다. 하지만 사고방식과 취미가 달랐다. 내가 가부키 관람은 부르주아나 즐기는 취미라고 하였더니, 여러 차례 입석 관람석으로 끌고 가 나를 가부키 팬으로 바꾸어놓았다. 그뿐만이 아니다.

"자네는 외국어 따위 그만두고 가부키 음악 스승 밑으로 들어가 제자로 입문하도록 해. 틀림없이 일가를 이루고 밥 벌어 먹고살 수 있을 거야!"라고 권하기까지 하였다. 그와 나 사이에는 여러 가지 차이가 있었지만, 그래도 대립하지 않고 한 쌍의 파트너가 될 수 있음을 배웠다.

에바라 군은 태평양전쟁 직후에 철도성 직원으로서 아르헨티나로 떠났고 그곳에서 그대로 사망하였다. 직접적인 교제 기간은 짧았지만, 지금도 가장 절친한 친구이다.

8월 3일

여자와 남자가 서로 위로할 때 격식 차린 말을 하는 것은 좋지 않다. 평소에 쓰는 보통의 말, 일상적인 행동이 가장 좋다. 안심되어서 플러스알파의 효과를 낸다.

8월 4일

고사기古事記(고대 일본의 신화와 전설을 기술한 책. 712년에 완성-역자 주)에는 풍류와 로망이 있다. 이야기는 남신과 여신이 만나면서 시작된다. 천상에서 친해진 남신과 여신이 차츰차츰 몸이 만들어지다가 남은 곳과 부족한 곳을 서로 합하고 몸을 움직이자 액체가 똑똑 바다로 떨어져 섬이 되었다고 한다.

일본인은 이와 같은 건국신화를 1,300년 넘도록 품어왔다. 현 상태는 어떠한가? 길게 말하지 않겠다. 둘이 함께 고사기 위에 오른손과 왼손을 올리고 플러스와 마이너스로 무엇을 할 수 있을지 생각해보자.

8월 5일

인간들의 연대와 인간들의 합작을 그림으로 표현하면 포옹이 될 것이다. 안고 안아주고, 안기고 안을 때 인간의 힘은 가득 차 불타오른다.

8월 6일

고민하며 괴로워하는 사람을 보고 가엾게 여기며 달려가 위로하는 광경을 보면 사람들은 "동정은 미덕"이라고 말한다. 정말로 그럴까? 위로하는 사람은 이윽고 위로의 대상과 자신을 연결 지어 생각한다. 그리고 '나는 무슨 일이 있어도 이 사람처럼 되지 않겠어!'라며 상대와 자신을 단절하고 나서야 안심하고 눈물 흘리며 상대를 한층 따뜻하게 위로한다.

동정심은 사람과 사람 사이의 유대감을 키우는 마음이 아니라 사실은 단절하고도 단절하지 않은 척하는 마음이 아닐까? 사람과 사람 간의 유대를 원한다면 처음부터 한결같이 유대를 관철해야 하지 않을까?

8월 7일

승리하는 이유와 패배하는 이유는 겹치지만 꼭 같지는 않다. 그러므로 승자는 자신이 꺾은 상대가 어째서 패배하였는가를 진지하게 배워야 한다. 그렇지 않으면 이윽고 반드시 자신이 패자가 된다.

8월 8일

스포츠 경기에서 말하는 우호친선이라는 단어를 접할 때마다 고개를 갸우뚱하게 된다. 진심으로 사람들 간의 친밀한 우정을 키워주고 싶다면, 사람들의 생각이 같은 방향을 향해 같은 파장으로 나아가야 함을 명심하여야 한다.

그런데 스포츠는 승패를 경쟁하는 행사이다. 행사가 끝나면 절반의 패배를 다른 절반이 기뻐한다. 입으로는 뭐라고 하든 행사 자체는 사람의 마음을 갈라놓는다. 그것이 진실한 우호와 친선에 얼마나 도움이 될까? … 미사여구에 취하지 않으리라.

8월 9일

남에게 호감을 사려고 마음 졸이지 말라. 그에 앞서 남에게 미움 받지 않도록 노력하자.

8월 10일

좋고 싫음은 인간의 감정 반응 가운데 가장 빈도수가 잦은 감정이며, 인간관계의 출발점이자 도착점이다. 좋아해야 할 것을 좋아하면 삶이 청명하다. 싫어해야 할 것을 싫어하지 않으면 비를 맞게 된다.

8월 11일

좋은지 싫은지 말하기 어려울 때가 있다. 그러므로 더더욱 어느 쪽인지를 애초에 분명하게 말하도록 하자. 그렇지 않으면 앞뒤의 차이가 커진다.

8월 12일

러브레터를 쓰고 싶다는 사람을 만났다. 축하한다고 백 번은 말해주고 싶었다. 전력을 다하여 솔직하게 사랑의 편지를 쓰라. 그러면 당신의 체내는 대청소를 한 것처럼 말끔해질 것이다. 또 문장을 쓰는 데 이보다 더 좋은 학습 경험은 없다.

8월 13일

상대의 마음으로 상대의 문제를 생각하면 상대를 배신할 일이 없다. 그것이 우정이다.

8월 14일

싸움은 되도록 하지 말라. 나는 청소년기에 동년배랑 싸운 적이 두 번 있다. 두 번 모두 상대가 나보다 훨씬 건장하였다. 그래도 꾀를 내어 한판 붙었다. 그리고 내가 이기기 전에 상대의 입에서 "너한테 졌어!"라는 말이 나오도록 만들었다. 상대로 하여금 "내가 졌어!"라고 말하게 만드는 게 싸움의 노하우 아닐까?

8월 15일

　사람과 사람의 상호관계는 목적이 무엇이든, 조직의 규모가 어떠하든 1 대 1이 원칙이다. 원리다. 언제든, 어떤 일에서든, 어디에서든, 무엇을 위해서든 대등한 1 대 1의 관계로 임해야 마땅하다. 이를 배신하면 인간 자체를 배신하게 된다.

8월 16일

　농민은 토지에 맞추어 논밭을 만든다. 맞으니까 맞춘 게 아니라, 맞추었기 때문에 맞은 것이다. 사람과 사람의 관계도 마찬가지다.

8월 17일

　우정이 깊어지면 자신보다 친구를 중하게 여기게 된다. 그것이 우정이다. 우정을 계속 꽃피워 큰 결실을 맺기도 하고, 빨리 져버리기도 한다. 사람과 사람을 이어주는 유대도 마찬가지다.

8월 18일

관계를 맺다, 인연을 맺다, 짝이 되다, 한패가 되다, 만나다, 맞추다… 등 다양한 동사가 있지만 주어가 없으면 빈 껍질에 불과하다. 인연이 끊어지는 걸 한탄하기 전에 손발을 움직여보면 어떨까?

8월 19일

인간 교제는 대개의 경우 좋고 싫음에 의해 좌우된다. 좋고 싫음에 의해 좌우되지 않는 인간의 유대가 최고로 값지다.

8월 20일

상대에게 책임을 지우지 않겠다. 책임은 자신이 전부 짊어지겠다. 이러한 결심이 '사랑'의 핵심이다.

8월 21일

전쟁 중에 군대 운송선으로 보르네오해를 건너다 지독한 풍랑을 만났다. 수영을 못하여 죽을 수밖에 없겠다고 단념하고 나니 신기하게도 마음이 차분하게 가라앉았다. 하지만 끝까지 아쉽고 원통한 마음이 하나 남았는데, 내가 언제 어디서 어떤 이유로 어떻게 죽었는지를 이내와 지식에게 알릴 방도가 없다는 것이었다. 전장에서 죽은 많은 사람들이 같은 심정 아니었을까?

8월 22일

격려받던 사람이 격려하는 사람이 된다. 이 사실이 이 사회에서 무엇보다 큰 격려이다.

8월 23일

진심이면 인간의 자세가 올곧아진다. 진솔하게 진지하게 상대를 대한다. 무언가에 대해 논의할 때도, 남녀가 가까워질 때도.

8월 24일

위를 보며 걷지 말라. 아래를 보며 걷지 말라. 옆을 보며 걷지 말라. 정면을 똑바로 보며 걸어라.

사람과 사람이 온전히 서로 이해할 수 있는 높이와 각도는 그것이다.

8월 25일

남이 재미있다고 권한 것을 함께 해서 '오오! 과연 재미있구나!' 하고 느낀 적은 거의 없다. 재미있다는 감정은 스스로 무언가를 발견한 흥분감이 아닐까?

그렇다면 사람은 스스로 재밌다고 느끼는 대상에 스스로 책임을 져야 한다. 마찬가지로 재미있다고 느낀 것을 단순히 무시하거나 방치하지 않고, 어째서 그것이 재미있는지 그 이유를 생각해보고 대처해야 한다.

8월 26일

사람과 사람을 비교하지 말라.

비교는 구별이 되고 차별이 되어 끝내 박해에 이른다.

큰 죄악은 종종 사소한 일에서 시작된다.

비교는 한 번으로 끝내라. 지속하면 차별로 빠진다.

8월 27일

개인 왕따, 지역 차별, 민족 소외가 어째서 언제까지고 없어지지 않는 것일까? 문제를 무사안일주의로 원만하고 조용하게 처리하려 해왔기 때문이다. 그래서 역효과를 초래하였다.

사회문제는 사회 구성원이 다 함께 공공연하게 의연하게 확실한 말로 처리하여야 한다. 그리하지 않고 계속 도망치기 때문에 문제의 뿌리가 언제까지고 없어지지 않는 것이다.

8월 28일

스스로 불타올라 사람들의 마음을 불태운다.

자신을 남김없이 태운다.

그것이 횃불.

8월 29일

세상에서는 정치적 입장을 보수 vs 혁신으로 분류한다. 나는 일관되게 혁신 측에 서 있었고 죽을 때까지 관철할 생각이지만, 보수를 경시할 생각은 털끝만큼도 없다. 오히려 '학습하는 보수'를 존경하고 진심으로 감사한다.

그렇게 느꼈던 에피소드를 소개하고 싶다. 전후 직후의 일이다. 유라쿠有楽초町 신문 거리에 작별 인사를 고한 나는 아키타현 남부에 위치하는 당시 인구가 2만5,000명이던 요코테橫手마치町에서 주간신문을 발행하고 이를 중심으로 학습운동을 조직하였고 나도 그 안에서 모든 것을 재학습하기로 결심하였다.

그 준비는 우리 부부 둘이서 하였고, 그 외에는 딱 한 명에게만 사전에 계획을 이야기하였다. 요코테중학교 시절의 은사 이시자카 요지로石坂洋次郎 선생님이었다. 도쿄의 선생님 댁을 방문하여 내가 마음을 털어놓자 이시자카 선생님은 "집어치우거라. 보수 세력이 강하고 문화 수준이 낮은 땅에서 신문 따위를 발행한들 오래가야 반년이 고작일 게다. 하지만 내가 그만두라고 해도 자네는 할 테지. 창간호에 축하 에세이를 써주마"라고 말하였다.

그렇게 약속한 이시자카 선생님의 글을 게재한 창간호를 1948년 2월에 처음으로 2,000부 발행하였다. 고정 독자 수 제로에서 출발하였다. 그래서 어떻게 되었는가? 반년 만에 망하지 않고 1978년 1월까지 30년간 유지되었다. 주간신문을 30년간 발행하면 제1500호가 되어야 하는데, 실제로는 제780호에서 멈추었다. 여러 차례 경영난에 빠져 열흘에 한 번 발행하거나 보름에 한 번 발행하였기 때문이다. 가족이 모두 매달렸음에도 경영은 휘청거렸는데, 어떻게든 30년이나 지속할 수 있었던 것은 사람들 덕분이다. 여러 지방과 여러 지역의 여러 조직, 단체, 개인들이 뒷받침해주었기 때문이다. 그중에서도 내가 "학습하는 보수"라고 부른 사람들이 지원해주어서 고마웠다. 그 사람들은 사고방식과 사회 활동은 보수적이었지만, 학습에 대해선 그 어떤 문턱도 만들지 않고 무엇이든 배우자, 배워야 한다는 정열을 갖고 있었다. 그러한 사람들이 이곳저곳에 점재하며 신문과 지역이 연결될 수 있도록 지원해주었다.

마지막으로 이시자카 선생님에 대해서 이야기하겠다. 1986년에 돌아가시고 머지않아 요코테横手시에 이시자키 요지로 기념관이 설립되어 지금까지 이시자키 선생님의 발자취를 말해주고 있다. 이를 뒷받침하고 있는 것 또한 '학습하는 보수'이다.

8월 30일

50년 전에 한 경험을 처음으로 말하려 한다. 들어주길 바란다.

『주간 다이마쓰週刊たいまつ』를 발행한 지 16년째 되던 1963년 11월에 『다이마쓰 16년たいまつ十六年』이라는 책을 세상에 내보냈다. 내용은 그때까지 썼던 문장 중에서 엄선한 것과 활동 기록이었다. 책이 나오고 잠시 시간이 흐르자 파문이 퍼져나갔다. TBS는 다이마쓰신문사의 이것

저것을 한 달에 걸쳐서 촬영하고 이를 미국의 에미상 콩쿠르에 제출하기도 하였다. 하지만 책이 막 출간되었을 때는 아무런 반응이 없었다. 그러던 차에 "당신을 위해 출판 축하 파티를 열어주겠다"는 연락이 세 명한테서 왔다. 전직 시장 사사키 이치로佐々木一郎, 전직 의원 사이토 만조斎藤万蔵, 금융업자 마에사와 준지前沢純治, 이 세 사람이 내가 거주하고 일하는 지역의 행정과 상공업을 좌지우지해 온 보수 세력의 우두머리이다. 그들이 어째서 날 축하해주겠다는 것일까? 망설여졌지만 지정된 날 저녁 무렵에 지정된 장소로 갔다. 장소는 마을 최고의 요정이었고, 참가자 15명은 모두 보수파 사람이었다. 그곳에서 무슨 일이 있었나?

"책 출간을 축하드립니다. 축하 선물은 모두가 책을 사서 잘 읽는 것이겠죠? 오늘은 술이 특별히 맛있을 겁니다. 모두들 실컷 마시고 실컷 이야기를 나눕시다!"라는 사회자의 인사가 전부였다. 그리고 다다미 100장 크기의 큰 홀에 몇 명씩 떨어져 앉아 와자지껄 떠들기 시작하였다.

나는 주최자 세 명을 찾아가 물었다.

"어째서 이 같은 파티를 개최해주신 거죠?"

『주간 다이마쓰』 창간호

다이마쓰신문사 간판(1964년)

셋은 서로 얼굴을 쳐다보았고, 그러고 나서 입을 열었다. 마치 사전에 약속한 것처럼 동시에 말하였다.

"다이마쓰는 우리의 적이오. 그래서 망하게 둘 수 없소."

그 후 50년간 이 이야기를 그 누구에게도 말하지 않았고 글로 쓰지도 않았다.

"적이기 때문에 망하게 둘 수 없었다"는 한마디를 개인적 에피소드로 입에 올리는 것은 경망스러운 짓이라 생각되었기 때문이다. 하지만 이대로 마음속에만 묻고 있으면

이 말이 사라지고 만다. 그래서 지금 여기에 쓴 것이다.
여러분, 받아주십시오.

8월 31일

영지 내에 해안이 있는 우에스기 겐신上杉謙信이 고후분지에 있는 다케다 신겐武田信玄에게 "그쪽 백성들이 힘들어하는 듯하여 보냅니다"라며 소금을 보낸 것은 1568년이다(우에스기 겐신은 다케다 신겐과 평생의 라이벌이었지만, 영토가 내륙에 있어 소금 조달에 애먹던 다케다에게 "나는 신겐과 싸우는 것이지 백성을 괴롭히는 것이 목적이 아니다. 우리는 활과 칼로 싸운다. 신겐의 영지에 소금을 공급하라"며 소금을 공급하였다-역자 주). 이 일이 오늘날까지 4세기 반 동안 일본 정치의 미담으로 줄곧 이야기되어온 것은 어째서일까? 옛날이야기 '된장 파는 다리'에서 보물을 나누어 가졌다는 뒷이야기나, '콩쥐팥쥐'에서 화해하였다는 뒷이야기가 없는 것은 어째서일까? 한번 서로 증오하는 대립관계가 형성되어버리면 관계를 화해와 협력으로 이끄는 것은 불가능에 가깝다. 그럼 어떻게 해야 할까? 나의 개인적인 경험을 참고로 말해보겠다.

신문 창간의 거점으로 아키타현 요코테마치를 선택하였을 당시, 그곳은 지주 계급의 아성이라는 것을 충분히 알고 있었다. 그래서 그곳으로 정하였다. 그래서 우리의 입장과 주장을 선명하게 표명하였다. 그랬더니 대립하는 측에서 조금도 음험하게 괴롭히거나 방해하지 않았다. 국정 차원의 정당 토론회 등에서는 보수당이 혁신파보다도 열심히 협력해주었다. 어느 날 우리 쪽에 특별한 호의를 보이기에 "어째서입니까?" 하고 물었더니 "적이니 망하게 할 수 없습니다"라고 대답하였다.

'대립하는 상호의 관계를 올바르게 인식해야 실수하지 않는다', '상대로부터 배우며 전진해야 한다'는 생각에서 나온 태도라면 이것이야말로 상황을 변화시킬 힘의 씨앗이 아닐까? 지금, 서로 증오하는 비극이 지상의 이곳저곳에서 연달아 발생하고 있다.

어떻게 해야 좋을까? 대립관계에 있는 사람들이 내게 해주었던 말의 핵심을 글로 적자면 '적이므로 살려둔다'는 여덟 글자짜리 한 문장이 된다. 이 한 문장 안에 비극을 다른 것으로 바꿀 열쇠 중의 하나가 들어 있다.

*

9월 1일

　무수한 나와 당신으로 구성된 모두가 역사의 주체이다. '모두를 위해'라는 말을 반복하며 개개인의 입장을 무시하거나 경시하는 태도는 허용해선 안 된다.

9월 2일

　한 명 또는 극히 소수의 사람이 지도자라는 이름으로 많은 사람 위에 군림하는 것은 인간에 대한 모독이다. 인간 세상에 지도자가 필요하다면 나는 나 자신에게 지도받아야 하고, 당신은 당신 자신을 지도해야 한다. 100명이 있다면 그곳에 100명의 지도자가 있어야 마땅하다. 그것이 인간의 건강한 모습이다.

9월 3일

다 함께 노력해서 모두의 기쁨을 창출하는 것을 계속 게
을리하고 있다. 그래서 모두의 노력으로 해결할 수 있는
슬픔을 한 명 한 명이 모두 짊어지고 있다.

9월 4일

인간은 혼자서 계속 기쁠 수 없다. 친구를 필요로 한다.
기쁨을 함께하고 싶기 때문이다. 단수가 아닌 복수의 기
쁨, 그것이 인간의 진정한 기쁨이다.

9월 5일

오늘날에는 무슨 일에 대해서든 세계적 규모네, 지구주
의네, 인류 규모네라고 말하지만, 정작 중요한 우리 주변
사회는 분열되고 조각나 비명을 지르고 있다. 뿌리부터
뜯어고치자.

9월 6일

　인류는 자신에게 '호모사피엔스=슬기로운 사람'이라는 명칭을 붙인 날부터 급속하게 어리석어지고 있다. 반성하고 나서 스스로를 정직하게 '어리석은 사람'으로 부르면 그때부터 어리석음이 줄어들지 않을까?

9월 7일

　어떤 사람이 타인을 노예로 삼은 순간, 인류 전체가 무언가 또는 어떤 일의 노예가 되기 시작하였다. 부정을 씻어내고 그 시점에서부터 다시 시작하자.

9월 8일

　강대한 권력을 휘두르며 수백 년간 전성기를 구가한 왕조와 황제는 이제 어디에도 없다. 강대한 권력에 착취당하고 보호받으며 수백 년간 안전한 생활을 영위한 종족과 민족은 지상의 그 어디에서도 찾아볼 수 없었다. 인간은 지배하는 것에도, 지배받는 것에도 소질이 없다. 자주 자립하여 홀로 서고 홀로 걷는 육체를 지닌 인간들에게는 지배와 피지배의 사회 구조가 적합하지 않은 것이다.

그럼 어떻게 해야 할까? 나아가야 할 길이 선명하게 보인다. 저마다의 생각과 개성을 발휘하고 이를 서로 인정하고 협력하며 다 함께 사는 길밖에 없다. 그 길로 나아가면 틀림없이 민사가 잘 풀릴 텐데, 인간이여! 인류여! 어째서 그 길로 발을 들이지 않는 것인가? 왜? 왜? 왜?

9월 9일

'전쟁 없는 사회 실현'이라는 구호는 두 가지 목표를 내포해야 한다.

'전쟁할 필요가 없는 사회 실현'과 '어떤 세력이 나타나 전쟁을 일으키고자 하여도 할 수 없는 사회 실현'.

장녀 유카리

9월 10일

전쟁 말기에 장녀가 이질로 죽었다. 나이는 세 살, 이름
은 유카리였다. 발병 당시 동네 의사가 출정 병사로 동원
되어 아무도 남아 있지 않았던 탓에 아무런 치료도 받을
수 없었다. 내가 할 수 있는 일이라곤 무인 격리 병원에서
고열로 신음하는 아이를 안고 몸을 쓰다듬어주는 것뿐이
었다. 유카리는 좋아하는 동요를 웅얼거리며 부르기 시작
하였다. "손잡고 들길을 걸으면 모두 귀여운 작은 새가 되
어…"라는 노래였는데, "들길을 걸으면 모두 귀여운…"이
라는 대목에서 멈추었다. 그리고 잠시 가만히 있다가 다

시 처음부터 부르길 여러 차례 반복하다가 끝냈다. 유카리는 마지막까지 인간으로 살고 싶었던 게 아닐까? 작은 새가 되면 죽을 거라는 생각이 들어 그 부분에서 멈추었던 게 아닐까? 내 추측이 맞는지 틀리는지 모르겠지만, 유카리를 잃고 아버지 된 자로서 굳게 결심하였다. "전쟁 때문에 죽는 일이 있어선 안 돼. 전쟁을 죽이기 위해 목숨을 바치겠어!"라고. 70년이 지난 지금도 그 결심에는 흔들림이 없다. 인간 찬가를 부르며 힘쓰겠다. 인간을 지키는 데 도움이 되는 일이라면 무엇이든 하겠다.

9월 11일

다리를 움직이지 않으면 앞으로 나아갈 수 없다. 빨리 도착하기 위해서는 서둘러야 한다. 물을 퍼 올리기 위해서는 두레박을 끌어올려야 한다. 이 이치는 예나 지금이나 어느 시대에나 같다. 그런데 오늘날 타력의존주의에 빠져 스스로는 아무것도 하지 않으면서 남이 해주기만 바라는 사람이 부쩍 늘어난 것은 어째서일까?

9월 12일

주의, 주장, 사상은 이를 주제로 글을 쓰거나 잡담하기 위해 있는 것이 아니다. 신사회 건설을 촉진하는 길잡이다. 그런데 일본 사회주의운동은 19세기의 걸음을 거듭하였음에도 어째서 쇠퇴하고 있는 것일까?

이유는 간단하다. 사회주의 자체를 산 사람이 너무나도 적기 때문이다. 밥 벌어 먹고살기 위해 사상을 논하거나 쓴 사람은 넘쳐나게 많았다. 하지만 사회주의를 자신의 실생활 속에서 관철한 일본인은 현재 내가 아는 범위에서는 다나카 쇼조田中正造, 마쓰모토 지이치로松本治一郎, 사카이 도시히코堺利彦 이 세 명뿐이다.

사상을 떠받들거나, 장난감으로 삼거나, 무시하는 것밖에 못 하는 것은 사실 일본인의 민족병이다. 일본 민족이여, 어떻게 할 것인가?

9월 13일

지구의 온도가 겨우 2℃ 높아진 것만으로 기후 이변이
계속 발생하고 있다. 지구온난화는 인류의 생명을 얼어붙
게 할 공포를 내포하고 있다. 그러한 공포를 해소하기 위
해서는 인류의 따뜻한 심장과 인간 생활 자체의 온난화가
필요하다.

9월 14일

일본산 자동차 등을 외국에 팔았다. 그 대가로 외국산
밀가루 등을 샀다. 이를 일본 아이들에게 학교 급식으로
먹였다. 쌀이 남았다. '농지 축소'라는 명목으로 경작 면적
을 줄이기 시작하였다. 선조로부터 물려받은 비옥한 땅에
냉이를 기르면 약 30평당 3만5,000엔의 보상금을 정부가
주었다. 휴경이라는 이름으로 논이 황폐화되어갔다. 이와
함께 일본인의 마음도 황폐해진 지 40년. 지금, 사람들은
눈치 챘을까? 전국 이곳저곳에서 보육원생, 유치원생, 초
등학생들이 논에 들어가 벼농사를 하기 시작하였다. 논을
이리저리로 뛰어다니는 아이들의 웃음소리가 얼마나 크

고 뜨거우며 맑은지. 아무래도 어른이 어린아이한테 배워야 하는 여명기가 시작된 듯하다.

9월 15일

본래 지구에는 아무런 경계가 없었다. 그 어디도 구획되어 있지 않았다. 경계가 늘어나면 늘어날수록 지구는 숨쉬기 힘든 구가 된다. 모든 것이 구획되면 생명이 끊어진다.

9월 16일

요즘 나는 두 권의 세계적 잡지를 꿈꾼다. 『어린이 세계 연합』과 『여성 세계 연합』이다. 전 세계 어린이와 여성이 어떻게 살며 무엇을 원하는지, 또는 무엇 때문에 고통 받고 있는지를 알리는 잡지이다. 나이도 많고 능력도 부족하기 때문에 내가 직접 할 수는 없다. 하지만 어딘가에 사는 사람이 그런 잡지를 만든다면 죽을 때까지 힘닿는 데까지 돕고 싶다. 그런데 미국 잡지 『라이프LIFE』의 창간 슬로건이 '보고 즐기기 위하여, 보고 놀라기 위하여, 보고 배우기 위하여'였다고 한다. 새로운 세계적 잡지에는 앞의 세 구호에 '보고 힘을 합치기 위하여'를 덧붙이고 싶다.

9월 17일

"내가 최고다!"라며 거드름 피우는 자는 머지않아 곤두박질치게 된다. 한번 둘러보라. 독재자가 장수하는 경우는 그 어디에서도 찾아볼 수 없다. 독재자는 단명한다. 역사의 심판이다.

9월 18일

인쇄된 역사책에는 영웅과 위인과 천재와 초인과 호걸의 이름이 가득하다. 하지만 생생한 역사를 만드는 것은 시대를 불문하고 무수한 평범한 사람들이다. 학교 교과 과목 중에서 역사를 싫어하는 학생이 많은 것은 학교에서 가르치는 역사가 생생한 인간사와 달라서 재미없기 때문이 아닐까?

9월 19일

　물건의 사이즈, 즉 물건의 크고 작음은 힘의 움직임에 관여한다. 하지만 힘을 낳지는 못한다. 힘을 낳는 것은 생물의 생명과 성질이다. 그런데 세상에는 "숫자가 힘이다!"라고 소리치는 사람들이 있다. 어떤 사람들일까? 사안의 본질을 경시하며 매사에 큰 것과 많은 것을 무기로 휘두르는 사람들이다. 폭군이라 할 수 있겠지.

9월 20일

　모든 민중이 서로 주권자임을 인정하며 모두가 바라는 정치를 만들어나가는 것. 그것이 민주주의의 약속이다. 현실은 어떠한가? 일전에 시행된 사이타마현 지사 선거에서 투표율이 21%를 기록하였는데, 그럼에도 이를 유효로 처리하였다. 주권자의 78%가 투표하러 갈 필요도, 의욕도 느끼지 않는 사회 현실을 방치하면서 무엇이 민주정치란 말인가? 회의장에서 찬성과 반대의 비율이 51 대 49이면 49%의 의견은 패배자의 의견으로 처리된다. 이것이 무슨 민주주의란 말인가? 현재, 이 나라고 저 나라고 할 것 없이 정치, 행정, 경제, 교육의 모든 영역이 반민주주의에 의한 황폐화로 신음하고 있다. 그야말로 전면적인 근본 개혁을 시작하여야 할 때가 아닐까?

9월 21일

지역 공부 모임으로 평등한 원탁 모임을 조직한 지 20년이 되었다. 규모는 40명 전후가 적당한데, 주안점은 전원이 대등하게 배우는 것이다. 참가자 모두가 학생이며 동시에 교사이다. 모임의 흐름은 진행 담당자 한 명에게 맡기면 된다. 원탁 모임의 정신은 전원이 다 함께 공동 책임으로 지켜나간다.

9월 22일

지구가 살아온 날은 약 40억 년이며, 여명도 마찬가지라고 한다. 그렇게 오래 살았지만, 지구 전체가 동시에 밝았던 날은 단 하루도 없다. 자전하며 햇빛을 받기 때문에 어느 시각이든 절반은 밝고 절반은 어둡다.

그러한 지구 곳곳에 80억 명이 넘는 사람들이 살고 있다. 그 사람들 모두가 살아 있는 기쁨을 느끼며 살면 어떻게 될까? 햇빛이나 전기의 빛과는 상관없이 지구 전체가 동시에 밝고 따스하게 반짝반짝 따끈따끈 빛날 것이다.

지구가 못 하는 일을 지구에 사는 우리 인간이 해낼 수 있다. 이 얼마나 근사한 일인가!

9월 23일

날개가 없기 때문에 비행기를 만들었다. 인간들이여, 무엇을 위해 살인 병기를 만드는가?

9월 24일

스위스에 여행하러 갔을 때 여러 직종에서 일하는 스위스 사람들에게,

"관광이라는 산업에 대해 어떻게 생각하세요?"라고 물었다.

"고마운 산업이지만, 전적으로 의지해서는 안 돼요"라는 반응이 다수였다. 그중에서 두 가지 목소리를 소개하고 싶다.

"관광 산업은 소나기 같은 거예요. 지표면 위를 기세 좋게 흐르지만, 지하까지 스며들진 않아요."

"믿을 만한 산업은 제조업이에요. 그래서 스위스 사람은 무기를 열심히 제작하여 교전 중인 두 나라에 똑같이 판매해요."

당신은 어떻게 생각하는가?

9월 25일

인류가 멸망하면 다른 동물과 식물은 어떻게 될까? 축하연을 벌일까? 추모제를 하거나 부활기도제를 올릴까? 아무것도 하지 않을까? 이에 대해 생각해보는 것이 인간들에게 약이 되지 않을까?

9월 26일

"무지개는 어째서 순식간에 사라지는 걸까?"라고 할머니가 중얼거렸다. 옆에 있던 초등학교 5학년생 딸이 대답하였다.

"일곱 가지 색이 줄 지어 서 있는 것만으로는 아무것도 만들어낼 수 없기 때문에 생명이 짧은 거예요. 일곱 가지 색이 서로 섞여 힘을 합치면 여러 멋진 색으로 빛날 거고, 무지개는 하루 종일 사라지지 않을 거예요."

9월 27일

인간은 누구나 한 명의 개인인 동시에 사회인이다. 개인의 성질은 독립 독보이자 자주 자립이다. 사회인으로서 할 일은 공동으로 협력하고 연대하여 단결하는 것이다. 이렇게 글로 적고 보면 양자가 서로 다른 사람인 것 같지만 그렇지 않다. 자주 사립하기 때문에 공동으로 협력할 수 있는 것이고, 독립 독보하기 때문에 연대하여 단결할 수 있는 것이다. 양자의 교류를 자각하고 단련할 때 인간의 가치는 올라간다.

9월 28일

종전부터 지금까지 역대 정부는 초町(정)와 무라村(촌)를 합병하고자 힘을 쏟아왔다. 물론 적은 경비로 정부 정책을 전국에 침투시키기 위함이다. 지방자치단체의 수는 5분의 1로 줄었다. 그래서 정부가 약속한 합병 효과는 실현되었는가? 대형 자치단체 덕분에 그곳에 사는 사람들의 생활에 기쁨이 속출하였을까?

현실은 정반대다. 우리 시골 사람이 힘을 합해 시골을

지켜야 한다. 초·무라 합병으로 일그러진 지역 상태를 해체하고 자신의 거주지를 자신들이 원하는 대로 자신의 손으로 만들자. 인구 2만 명씩을 단위로 만들자.

어째서 2만 명인가? 한 그룹의 구성원 모두가 서로를 동료라고 느낄 수 있는 집단 규모는 약 2만 명이지 않을까? 시골 사람으로서 내가 감각적으로 느끼는 수치가 2만 명이다. 그리고 도쿠가와 이에야스德川家康 때부터 마을 공동체 사회에서는 점재하는 백성들을 연계하여 하나의 생활 공동체로 묶었는데 이때도 약 2만 명으로 구성하였다.

또 중국의 인민공사도 참고가 된다. 마오쩌둥과 그를 위시한 세력들은 자신들 혁명 노선의 잘못을 바로잡을 문화대혁명을 시행하면서 전국을 2만 명 단위의 인민공사로 재조직하였다. 그리고 외교와 국방만을 국가 권력에 맡기고, 그 이외 행정은 모두 공사가 담당케 하였다. 이 개혁은 도중에 중단되었지만, 언젠가 지구상의 어딘가에서 다시 불타오를 것이다.

『주간 다이마쓰』의 활자팀

9월 29일

나는 활자를 인쇄하는 일을 한 적이 있다. 그 직장에 인
텔이라는 도구가 있었다. 신주(황동-역자 주) 소재로 된 길
쭉한 판자로 사이즈는 가지각색이었다. 활자를 겹쳐 만든
행이 서로 섞이지 않도록 활자와 활자 사이에 인텔을 끼웠
다. 서로를 구분하기 위한 것이지 결합하기 위한 것이 아
니다. 인텔에서 온 인터내셔널이라는 명칭의 행사는 여러
나라 사람을 하나로 묶어 친밀하게 하기 위한 것이 아닐
까 생각된다. 행사 때에는 확실히 사이좋게 대화도 나누
고 협력하였다. 하지만 행사가 끝나면 각자 자기 국적 사
람들이 모여 있는 곳으로 돌아갔다. 마음속으로 각자 획

득한 메달 수를 비교하며.

9월 30일

아무리 깃발을 늘린들 만국기가 세계기가 되지는 않는다. 인류기가 되지도 않는다. 인터내셔널리즘=국제주의란 국가를 넘어 세계를 일구는 사고방식이라 이해하고 기대하였다.

그런데 국제연합은 전신인 국제연맹과 마찬가지로 기대에 부응하지 못했다. 지상의 이곳저곳에서 국경과 국익, 국권 등을 둘러싼 대립과 항쟁이 많은 사람을 지속적으로 고난으로 내몰고 있다. 그럼에도 국제연합은 적당한 자세로 제자리를 맴돌고 있다. 어째서? 어떤 이유로? 계속 고뇌하다 나는 '국제国際'라는 두 글자를 노려보았다. 그리곤 "그래! 이름이 실체를 말하고 있구나!"라며 고개를 끄덕였다.

'국제'란 무엇인가? 창문窓의 언저리, 부근, 테두리를 창가窓際라고 하는 것처럼, 국제는 국가의 언저리, 부근, 테두리인 것이다. 국제주의는 국가주의를 부정하는 것도 극복하는 것도 아니었다. 국가 이기주의의 가장자리를 맞대고 문지르며 타협하는 처세술에 지나지 않는다. 기만과 거짓은 발견 즉시 잘라내버리자. 눈속임 없는 세계연합과 희망으로 가득한 인류연합을 만들기 위해, 지금 그 어떤 직함도 없는 우리 평범한 사람들이 각각의 자리에서 움직이기 시작하자.

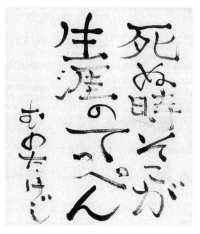

죽을 때야말로 삶의 클라이맥스 - 무노 다케지

가을 학기
- 죽을 때야말로 삶의
클라이맥스

10월 1일

인간이 자력으로 스스로를 중재하는 방식에는 두 가지가 있지 않을까? '하고 싶다, 해야 한다, 하자!'의 순서로 진행되는 격려와 '하지 마, 해서는 안 돼, 하지 않겠다!'는 제지. 나 자신의 과거를 되돌아보았을 때 여태까지 이용한 방식은 거의 80%가 격려였다. 98세가 된 지금, 그 방침을 바꾸기로 스스로 결심하였다.

"오늘부터는 제지를 80%로 하겠다!"

이유가 궁금한가? 그렇다면 말해주겠다. 내 몸으로 살 수 있는 한 최대한 오래 살기로 결심하였기 때문이다. 오래 살고 싶으면 어리광을 최소한으로 줄여야 한다.

10월 2일

달려가야 할 반대 방향으로 걸어가자.

딴짓을 잔뜩 하자.

종점에는 최대한 늦게 도착하자.

그것이 인생이라는 여행이다.

10월 3일

큰 소리로 웃으며 기뻐한 적도, 울부짖으며 통곡한 적도 한 번도 없다.

98년이나 살았는데 드라마틱한 일이 너무 없었던 게 아닌가 하고 생각진 않는다.

드라마가 없었기 때문에 98년이나 살 수 있었던 것이다.

드라마틱하지 않은 드라마, 그것이 보통 인간의 보통 인생이다.

10월 4일

늙음의 한계점에서 본 인생길은 가득 찬 듯 보이나 텅 비었고, 텅 빈 듯 보이나 가득하다.

10월 5일

　지팡이가 두 개 있다. 하나는 남한테서 받았고, 하나는 직접 샀다. 외출할 때 지팡이를 실제로 쓰기 시작한 것은 94세 때다. 2년이 지나자 지팡이를 사용하는 것에 완전히 익숙해졌다. 길을 걸을 때 오른발과 왼발 소리에 지팡이 소리가 더해져 발걸음에 활력을 불어넣는다.

　가장 큰 변화는 지팡이를 짚으면 전신이 쭉 펴진다는 것이다. 지팡이가 없으면 나도 모르는 새에 몸이 앞으로 굽는다. 지팡이로 대지를 짚으면 1m 반 크기의 자그마한 육체가 쭉 펴지고 호흡도 가지런해진다.

　막대기 하나일 뿐이지만 어떻게 사용하느냐에 따라서 이렇게 큰 힘을 발휘한다.

　나는 자신의 사용법을 더욱 궁구해야겠다.

10월 6일

청·장년기에 즐겨 사용하였던 만년필 등을 아름다운 종이로 감싸 담아두었던 상자 세 개를 발견하였다.

상자의 존재를 잊었던 것은 늙은 후로는 잉크가 떨어지면 버리는 펜을 사용하였기 때문이다.

노인이여, 자신의 청소년기한테 배울 것이 있지 않겠소?

10월 7일

온몸이 비틀거리는 것을 처음으로 경험하였다. 98세 때 여름이었다. 앉았다 일어날 때 한 번에 직립하지 못하고 앞으로 한 걸음인가 두 걸음을 비틀거렸다. 길을 걸을 때 체중 이동이 온전하게 이루어지지 않아 옆으로 두세 걸음 비틀거려 힘껏 버텨야 했다. '결국 이렇게까지 늙고 만 것인가?' 하고 비관하였다.

그랬던 것이 그해 만추에는 생각이 바뀌었다. 비틀거려 고맙다며 머리를 숙였다. 만약 비틀거리지 않았다면 콰당하고 쓰러져 크게 다쳤을지도 모르겠다고 깨달은 경험을 한 번이 아니라 여러 번 하였기 때문이다.

인간이란 이기적이고 제멋대로인 동물이라 생각하는 한편, 인간의 육체와 정신은 둘 다 섬세하게 잘 만들어졌다는 생각에 감탄하곤 한다. 아아! 앞으로 어떤 몸의 작용과 마음의 작용이 일어날까? 앞일이 기대된다.

10월 8일

오늘 아침에는 비틀비틀 걸었다.

여기에 도착할 때까지 97년 8개월이 걸렸다.

좋았어! 죽을 때까지 이 걸음걸이를 관철하겠어!

10월 9일

참 늙었구나. 그래!

더 현명하고 더 아름다워지자.

10월 10일

나이를 먹으니까 몸이 줄어든다. 키는 장년기에 비해 5cm가 작아졌고, 몸무게는 9kg이 줄었다. 몸의 용적도 당연히 그만큼 작고 협소해졌는데, 발생한 현상은 반대다. 나의 초라한 몸 안에서 전 인류가 지구에 매달려 몸부림치고 있다. 어째서일까?

10월 11일

늙은 육체여, 한가하거든 손가락과 발가락을 움직여라. 손가락과 발가락이 웃으면 전신이 건강해진다.

지쳐빠진 노구라도 손발과 상체를 움직이면 피가 돌고 기분이 회복된다.

움직이고, 움직이게 하고. 살아 있다는 증거를 살아 있는 한.

10월 12일

잘 일어나 잘 살기 위한 핵심은 충분히 눈을 감고 푹 자는 것임을 다 늙어서야 통감하였다.

위로하면서 단련하자.
단련하면서 위로하지.
자신의 생명과 잘 교제하는 방법은 이것밖에는 없다.

10월 13일

나는 나에게 칭찬받은 적이 아직 한 번도 없다.
최소한 한 번은 칭찬받고 싶다. 독경을 백 번 하는 것보다 값지다.
왜 오래 산 것일까?
"무엇 하나 내 뜻대로 되지 않았기 때문이다."

10월 14일

싫어하는 것을 남에게 강제한 적은 98년간 한 번도 없었다.

누구가 나에게 강제하는 게 싫었기 때문이다.

'너나 나나 똑같다'라는 사고방식으로 살면 세상에서 악행이 줄어들지 않을까?

10월 15일

넘어졌으면 바로 일어나지 말라.

무언가 떨어뜨리지는 않았나? 떨어져 있지는 않은가? 확인하며 천천히 일어나자.

넘어진 것 또한 하나의 기회다.

10월 16일

아름다운 꽃을 보아도 내가 꽃이 되고 싶다고는 생각하지 않는다.

늙어 쭈글쭈글해졌어도 인간이고 싶다.

나는 인간이니까.

경로? 타인에게 원하지 말라.

원한다면 스스로 자신에게 해라.

10월 17일

변명할 때 결코 "늙어서"라고 말하지 않는다.

그것이야말로 늙은 사람이다.

'이젠 때가 되었어. 언제 무슨 일이 일어날지 몰라'라는 생각으로 주변 정리를 할 때가 있다. 그러면 맛본 적 없는 쾌감이 온몸을 달리고 상쾌해진다. 살아 있다는 것은 그것만으로 멋진 일이구나.

10월 18일

환갑이네 희수네 팔순이네 하며 세상 사람들은 목청을 높인다. 나는 그 나이 때 딱히 축하할 이유도 사정도 찾을 수가 없었다. 그래서 아무것도 하지 않았다. 그럼에도 그 어떤 탈 없이 무탈하게 백百 마이너스 일一인 하얀白 상태에 이르렀다. 축하하는 것도 좋은 일이지만, 축하와 애도는 종이 한 장 차이라는 것에 대해서도 생각해봐야 할 것이다.

10월 19일

내 쪽에서 먼저 동네 아이들에게 아침저녁으로 인사를 건넨다.

안면을 튼 한 소녀와 다른 동네에서 마주쳤다.

이번에는 "아저씨!" 하며 소녀 쪽에서 먼저 내게로 달려와주었다.

행동은 행동을 이끌어내고, 행동은 행동을 낳는다.

10월 20일

속옷을 갈아입는 주기는 겨울에는 며칠에 한 번, 봄과 가을에는 이틀에 한 번, 여름에만 매일 갈아입었다. 청·장년기부터 생후 96년(2010년) 여름까지 계속 그렇게 하였다. 어떤 규칙이나 합의가 있는 게 아님에도 마치 사회적 규칙처럼 지켜온 이유는 명백하고 자명하나. 제국주의 시대와 군국주의 시대에 나고 자란 신민으로서 매사에 검소 검약하라고 강요한 사회적 분위기를 스스로 받아들였기 때문이다.

그런데 그해(2010년) 여름은 전국 여기저기에서 일사병으로 사망자가 매일같이 속출할 정도로 뜨거운 날씨가 계속되었고, 나는 깨닫고 보니 속옷류를 하루에 두 번 또는 네 번이나 갈아입고 있었다. 그리 해보니 기분이 얼마나 깔끔하고 상쾌하던지. 하물며 건강해지기까지 하였다. 당연히 하였어야 할 일을 하는데 95년 반이나 걸리다니, 정말이지 어리석기 짝이 없다. 그렇다. 자기 혁신은 이처럼 어렵고 또한 이처럼 쉽다.

10월 21일

자랑스러워하라. 젊음은 인간의 자랑거리다.

물론 늙음 또한 그러하다.

10월 22일

건강관리 방법을 살펴보자. 노인의 아군은 어린아이에게도 아군이고, 어린아이의 적은 노인에게도 적이다.

생명의 깊이라는 측면에서 노인과 유아는 하나다.

어릴 때는 이마에 곧잘 끈을 두르곤 하였다(일본에서는 운동회 때나 응원할 때, 수험 공부를 할 때, 땀 흘리는 일을 할 때 등 정신 통일이나 사기 앙양이 필요할 때 이마에 끈을 둘러 묶는다-역자 주).

어른이 되고 나서는 전혀 하지 않았다.

이마에 끈을 두른 모습, 끈을 묶는 정신은 그 누구보다 노인에게 필요하다.

10월 23일

그제는 무엇을 하였는가? 내일은 무엇을 할 것인가? 그 연장선 위에서 오늘을 천천히 살자.

10월 24일

젊을 때는 하품이 나오면 누웠다.

노년의 절정인 지금은 하품을 하고 나면 머리가 맑아져 책상에 다시 가서 앉는다.

참 재미있다. 인간이란 생명체는.

10월 25일

인간은 더 아름다운, 더 빛나는 생명체가 될 수 있다.

죽음이 가까워져오니 그런 생각이 든다.

10월 26일

동물은 거주지를 마음대로 바꿀 수 있지만, 평균수명이 짧다. 식물은 한번 뿌리내리면 끝까지 그 자리를 고수하며 수백 년 또는 수천 년간 수령을 쌓아간다. 어째서일까? 나무의 증언을 직접 들을 수 없으니 상상해볼 수밖에 없다.

생명체의 수명을 결정하는 것은 생명의 상태를 고려하여 컨디션과 음식, 병과 가벼운 운동 등에 주의를 기울였느냐 그렇지 않느냐일까? 다른 이유가 있지 않을까? 생명체의 생명 상태를 결정하는 제1 요인은 생명체 자신이 무엇을 위해 몇 살까지 활동하기로 결심하였으며, 이를 실행하기 위해 얼마만큼 계속 노력할 수 있는가가 아닐까?

이를 등한시하면서 맛있는 것과 몸에 좋다는 약을 먹으며 운동만 한다고 오래 살 수 있을 리 없다.

10월 27일

나 한 사람, 나의 외길을, 내가 살다.

돈이 없어 여러 번 힘들었지만, 이렇게 살아서 백 살 코 앞까지 왔다. 살아 있는 사람의 생명, 이것을 꺾을 수 있는 것은 없다. 생명 만세!

10월 28일

넘어지기도 하고 다치기도 하였다.

몇 번이나 스스로 야단치고 질타하였다.

그래도 오늘까지 긴 여정을 걸어왔다.

이러니저러니 해도 스스로 나를 공경하였기 때문이다.

그런 것 같다.

- 98세 첫날에.

10월 29일

오늘은 2012년 6월 중순이다. 3년 전 요맘때쯤 죽을 때
=몇년 몇월 며칠 오전 몇시를 예감하였다. 그래서 그 날짜
를 노트 한쪽 구석에 적어두었다. 다른 사람은 무슨 날인
지 알아볼 수 없을 것이다.

만약 예감한 날짜 전에 내가 죽으리라는 것을 알게 되
면 무능한 점쟁이라 한탄하며 쓴웃음을 지을 것이다. 만
약 예감이 거의 적중하면 '오오! 나 좀 대단한데?'라며 실
실 웃으며 죽을 것이다. 그럼 계속 살아서 예감한 날을 넘
기면 어떨까? 단순하게 기뻐할 수는 없을 듯하다. 역시 나
란 녀석은 감 없는 놈이라며 쓴웃음을 지으며 살 것 같다.
그래도 이랬거나 저랬거나 웃으며 죽는 거니 그것으로 만
족한다.

10월 30일

나는 뒷마무리를 잘 못 한다. 그래서 아내가 "내가 당신
보다 오래 살아 모든 걸 깔끔하게 마무리할 테니 그런 건
신경 쓰지 말고 원하는 대로 사시구려"라고 말해주곤 하

아내와 나(1954년 5월 노동절)

였다. 그랬던 아내가 먼저 세상을 뜬 지 7년. 아내가 없는 빈자리는 그 어떤 것으로도 메울 수 없다. 인간이라는 생명체는 몇 살이든 남녀가 한 쌍을 이루어 사는 게 건강한 모습이고 보통이다.

이제 나는 97세 중반으로 보나 마나 소유한 남은 시간이 지극히 적겠으나, 그러면 그럴수록 그 귀중한 짧은 시간을 보통의 건강한 모습으로 살 수 있다면 인생의 끝을 꽃으로 장식할 수 있겠구나 하는 생각에 마음이 동하였다. 하지만 늙은 사람끼리 서로 위로하며 산들 비참할 뿐이다. 그런 거 말고, 젊고 활기 넘치는 생활인을 걸프렌드로 삼거나 나 같은 울트라 노인과 단기간이더라도 마음을 담아 생활 리듬을 맞추면 그로부터 무언가를 배우거나 배울 수 있지 않을까? 성실하게 살고자 하는 사람이 있는지 찾아볼까 하였지만, 찾기 활동을 하는 데 무엇보다 중요한 다릿심과 시력이 무너진 상태이다. 무척 아쉽지만, 이런 생각을 한 것만으로 노구에 어제까지는 없던 활력이 생기는 듯하였다.

인간은 죽기 직전까지 희망을 직접 만들어 자신의 심장으로 자신의 몸을 두드려 격려하며 살지 않으면 안 된다.

10월 31일

그로부터 8년이 지났다. 두 살 위인 아내 미에 씨가 92세이던 해 2월에 있었던 일이다. 외출하고 돌아온 나를 의자에 앉아 맞이하며 평소와 같은 눈빛으로 평소처럼 바라본 다음에 말하였다.

"꽤 오래 문장을 써왔잖아요? 이쯤에서 문장의 진수를 써야 하지 않을까요?"

나도 평소와 같은 눈빛으로 그녀를 바라본 다음, 그녀에게 반문하였다.

"어려운 말을 하는군요. 일상 대화에서 그런 딱딱한 한자를 쓴 건 처음인 것 같은데요? 그런데 진수를 진수真髓라고도 쓰고 신수神髓라고도 쓰는 것 같던데, 둘의 차이가 무엇인지 아나요?"

아무 말 없는 그녀를 내가 다시 바라보았고, 둘의 대화는 침묵 속에서 그렇게 끝났다. 두 달 후 그녀가 사망하였고, 7년이 흘렀음에도 그 대화는 그때 그대로이다. 진수라고도 쓰고 신수라고도 쓰는지, 차이점은 무엇인지, 사전에서 찾아보지도 않았고 아무것도 하지 않았다. 아마 앞으로도 하지 않을 것이다.

나는 쓰고 싶은 것을 쓴 것처럼, 쓸 수 있는 동안 계속 쓸 것이고, 그러다 디 엔드를 맞이할 것이다. 미에 씨는 아무 말 없이 그런 나의 모습을 그대로 지켜볼 테지.

11월 1일

인생 선배는 후배에게 무슨 말을 해야 할까?

자신들이 실수하고 실패한 사실의 시종과 표리를 남김 없이 있는 그대로 전달하라.

무엇보다 가치 있는 재산이 된다.

선배의 성공 사례는 후배에게 아무런 도움도 되지 않는다.

11월 2일

원인을 그대로 둔 채 결과를 막을 방도는 없다.

인류의 멸망을 막기 위해서는 멸망 원인을 제거해야 한다.

노아의 방주는 어디에도 없다.

11월 3일

역사적 사실을 공부할 때마다 드는 생각인데 인류는 지배하는 것도, 지배당하는 것도 서툴다.

둘 다 낙제점이다.

지배 없는 인간관계의 형성, 그것에서부터 출발하자.

11월 4일

인류의 과거를 살펴보면 인간을 지배와 피지배로 나누는 정치 방식은 각지에서 셀 수 없이 많이 시험되었다. 하지만 700만 년이라는 긴 세월 속에서 불과 700년 넘게 번영한 왕조는 그 어디에서도 찾아볼 수 없다. 강대한 무장 권력도 도움이 되지 않았다. 인간에 의한 인간의 지배와 피지배는 속임수로 시작되어 결국 속임수로 끝났다. 인간은 지배에도, 피지배에도 재능이 없어 체질에 안 맞았던 것이다. 인체의 구조를 살펴보라. 밧줄 한 가닥으로 많은 사람을 장기간 구속하는 것은 불가능하다. 인간들과 인간들의 상호관계는 결국 납득과 수긍에 기반한 상호 협력이다. 서로 이해하며 힘을 합쳐나가는 것만이 영속 가능하다. 그것이 인간人間, 사람人과 사람人 사이間다.

11월 5일

무한하게 펼쳐진 들판이나 바다로 보이는 지구는 사실 하나의 동그란 구체球體이다.

인류여, 자신들이 둥근 구체의 주인임을 아침저녁으로 한 번은 떠올리며 살아야 하지 않을까?

11월 6일

지구는 만물을 위한 동그란 거주지이다.

그곳에 나라라는 이름의 줄을 쳐 구획정리를 한 자들은 다른 별로 떠나버려라.

그리고 그곳에서 본인들의 주소를 구획정리하며 영원히 살아라.

지구로의 회귀를 결단코 허락지 않겠다.

11월 7일

자식의 눈물을 닦아주지 말라.

자기 눈물은 어릴 때부터 스스로 닦아라.

인간이 되기 위해.

11월 8일

중학생 때니까 벌써 80년 전이다. 무슨 과목의 수업 시간에 '부모의 고마움은 부모가 죽은 후에 안다'는 문구가 나왔다. 그 기억이 지금 뿅 하고 아무런 맥락도 없이 뇌세포에서 눈앞으로 튀어나왔다. 그러자 95세 반의 현재가 즉시 반항하였다.

"상대가 죽은 후에 알 수 있는 고마움은 인생에 도움이 안 돼. 서로 살아 있는 동안에 알 수 있는 고마움을 만들고 서로 주고받자."

11월 9일

한반도, 중국 대륙, 일본 열도에 사는 사람은 모두 형제다.

3자 문제는 모두 형제의 유대감으로 해결된다.

세 대지 역시 삼색의 꽃으로 가득하다.

서로 그와 같이 살아가세.

11월 10일

1942년 2월 종군기자로서 자바섬으로 향하던 중이었다. 대만 가오슝의 어느 식당에서 한 처자가 묻지도 않았는데, "지금 여기선 이런 노래가 유행 중이랍니다"라며 일본어로 노래를 불러주었다.

"꽃이라며 필 거라면 벚꽃, 아버지는 동원된 영예로운 군부."

이 노래의 중국어 원곡도 불러주었다,

"밤의 꽃, 밤의 꽃, 비바람을 맞아 땅에 떨어졌네. 누구도 더는 꽃을 보는 자가 없네. 그저 땅에 떨어져 있네雨夜花 雨夜花 受風雨 吹落地 無人看見 瞑日怨嗟."

'영예로운 군부'라고 치켜세우며 전장으로 끌려간 대만 젊은이의 말로가 어떠한지를 일본인에게 소리쳐 전하고 싶었던 것일 테지. 다음 날 처자는 식당에서 단호하게 말하였다.

"나도, 내 남동생도 대만 독립운동 투사예요!"라고.

… 그때 그 말이 69년이 지난 지금도 대만의 모습과 겹쳐 보인다.

11월 11일

참새는 짹짹, 까마귀는 깍깍, 비둘기는 구구. 사람도 제각각이다. 다종다양하고 가지각색임을 서로 인정하고 서로의 특징을 살려주어야 '모두'가 살 수 있다. 잊지 않겠다. 군국주의 시대의 구호를. -'승리하기 전에는 욕망하지 않겠습니다', '익찬翼贊 체제', '일치단결', '1억 일본인의 마음은 하나'.

11월 12일

모두의 기쁨을 다 함께 낳고, 모두의 한탄을 다 함께 없애자는 것은 모두에게 똑같은 행동을 시키라는 뜻이 아니다. '1억 일본인의 마음은 하나'라는 게 가능할 리 없다. 그게 아니라 모두가 모두를 위해 움직이는 것, 많은 사람이 저마다의 방식으로 온갖 자유를 서로 보장해주고, 그로써 최대·최고·최다의 효과를 모두를 위해 실현하여야 한다. 인간 모두가, 인간 모두를 위해, 다 함께, 각자 최고의 노력을 한 적은 지금까지 한 번도 없었다.

바로 지금 이를 실천하지 않으면 인류는 지구에 있을 수 없게 될 것이다. 전원이 각자 다양하게 전력을 발휘하자. 이렇게 즐겁고 기쁜 일이 달리 또 있겠는가?

11월 13일

반골은 저널리스트의 기본 성질이다. 그러므로 '반골 저널리스트'라는 말은 '하늘색 하늘'처럼 이중 형용이다. 그럼에도 그런 말이 존재하는 것은 일본 저널리즘이 반골 정신을 잃었기 때문이다. 언제 잃었는가? 속칭 '만주사변'으

아사히신문 기자 시절(1940년)

로 시작된 15년 전쟁의 과정에서 무참하게 사라졌다. 그
러면 당시에 경찰 당국과 헌병대가 보도 현장에 뛰어들어
매섭게 검열과 여타 단속을 하였는가? 그러한 광경은 전
국 그 어느 신문사에서도 볼 수 없었다. 군부와 경찰 등 단
속 당국자는 본인의 직장에 머물며 조용하게 침묵 속에서
규칙과 지시를 지속적으로 내렸다. 이를 듣고 신문사가
자발적으로 자체 검열하였다. 당국의 검열을 받기 전에
자신들의 원고를 스스로 이중 삼중으로 검열하였고, 권력
세력과 트러블을 일으키지 않으려 조심하였다. 그래서 어
떻게 되었는가? 박해와 탄압으로 힘을 못 쓰게 되는 것보
다, 스스로 자신의 몸에 브레이크를 걸고 줄을 동여 묶는

안일주의적 태도는 훨씬 유해했고 독성이 강했다. 그러니 한번 보라. 전쟁이 끝난 지 근 70년이 흘렀음에도 저널리 즘이라는 단어로 자신을 설명하는 신문을 찾아볼 수가 없다. 하물며 최근에는 자신들이 하는 일을 '미디어(수단)'라는 목적성 없는 단어로 부른다. 어찌할 작정인지…. 이것이야말로 저널리즘의 과제가 아닐까?

11월 14일

전쟁은 승리하기 위해 온갖 범죄 수단을 정당화하여 사용한다. 그중에서도 가장 악질적인 것은 적국민을 속이고 자국민을 속이는 것이다. 전쟁 승리는 온갖 악행을 가장 고도로 구사한 자에게 주어지는 포상이다. 그러한 전쟁의 승자가 지상에 정의를 실현할 수 있을까? 사람들을 행복하게 만들 수 있을까?

역사적 사실을 되돌아보자. 온갖 전후 체제는 사람들의 기대를 배신해왔다. 전쟁을 멸종시키는 것 외에는 인류를 구원할 방도가 없다. 전쟁을 죽여버리자.

11월 15일

"고마워!"라고 가볍게 말하면 고맙게 느껴지지 않는다. 감사 인사를 할 때는 세 배 정성스럽게 말하자. 무성의한 감사는 역효과를 부른다.

11월 16일

인간은 아무리 나이를 먹어도 남자는 남자고, 여자는 여자다. 백 살이 되어도 남녀가 짝을 이루어 사는 게 보통이고 즐겁고 아름다운 게 당연하다.

그런데 그럴 수 없다. 남성의 평균수명과 여자의 평균수명의 격차가 커서 함께 짝을 이룰 수 없다.

어째서 남성은 장수하지 못하는가? 여성에 비해 지능에 깊이가 없고, 난폭하며, 덤으로 성미가 급하고, 노력도 끈덕지게 하지 않아서 아닐까? 아무튼 남자 놈들 때문에 여성들이 아름다운 기쁨을 빼앗기고 있다.

세상의 우리 남자들아, 어떻게든 책임감을 갖고 상황을 개선해보자.

11월 17일

인간은 자신의 상태가 나빠지면 원인을 사회 상태나 경기 동향 등 자신으로부터 최대한 멀리 떨어진 곳에서 찾아 말하려 한다. 하지만 한번 보라. 인간을 나아지게 하는 것도, 나빠지게 하는 것도 열에 아홉은 자기 자신이다.

11월 18일

자연재해든 공해든 비상사태가 벌어지면 가족과 친척, 이웃, 직장 동료 등의 인간관계가 중요함은 동일본 대지진의 경과만 보더라도 자명하다. 그러한 인간관계가 끊어졌다며 도처에서 계속해서 비명이 터지는 것은 어째서일까? 저널리스트로서의 내 경험을 바탕으로 말하자면 '만주사변'부터 포츠담 선언 수락까지 이어진 15년 전쟁 동안 일본 열도의 인간관계는 도처에서 갈가리 찢겨 무참한 모습이 되고 말았다.

그런데 그러한 상태에 대해서는 아무런 대책도 강구하지 않고, 전쟁이 종료된 후에는 경제 제일 원칙에 따라서 살고 있는 것이 현 상태이다. 사람과 사람 사이의 유대라는 것은 미리 맺고 태어나는 것이 아니다. 태어난 후에 스스로 맺어야 하는 것이다. 인간 생활에서 가족과 친척, 이웃과 직장 동료란 무엇인가? 지금 여기에서 각자가 다시금 곰곰 생각해보고 행동하여야 하지 않을까?

11월 19일

아이가 귀엽다고 내려다보니까 애착관계를 망치는 것이다.

귀엽다면 더더욱 같은 눈높이에서 바라보라.

11월 20일

어린아이의 웃는 얼굴은 그야말로 생명의 반짝임이다. 왕관을 100개 쌓더라도 어린아이의 웃는 얼굴에는 미치지 못한다. 어린아이의 얼굴을 어둡게 하고 슬프게 하는 행동은 모든 생명의 적이다. 지상의 이곳저곳에서 자행되는 무력 행동을 어째서 계속 허용하는가? 이대로 있다간 어느 날 갑자기 지구가 파괴될 참극이 시작될 수 있다.

11월 21일

동반자가 먼저 세상을 떠난 후 부부의 맛을 떠올리며 차분하게 음미해보았다.

문득 그런 생각이 들었다. 부부의 맛은 홀로 음미할 때 제대로 알 수 있는 것이 아닐까?

있을 때보다 없을 때 그 사람이 더 가까이 느껴졌다.
역시 인생의 동행자구나.

11월 22일

함께 산 67년간 아내의 이름을 뭐라고 불렀는지 명확하게 기억나지 않는다. 이름을 부르지 않고, 바로 용건을 말했던 것 같다. 이제 와 반성한다. 이름 뒤에 '~씨'를 붙여 부르고, 예의를 갖추어 용건을 말했어야 했다. 그게 당연한 건데.

11월 23일

충고를 싫어하는 사람이 많다.

충고를 하려는 사람도 많다.

오지랖의 90%는 역효과를 부른다.

11월 24일

남녀가 삶의 여러 장면에서 사이좋게 힘을 합친다. 이것이 인류 번영의 가장 중대한 원칙이다. 그런데 우리들 1915년생은 초등학교 때 남녀가 따로 교육을 받았다. 1학년부터 6학년까지 반이 구분되어 있었다. 어리석은 강제가 국가 교육과 국가 도덕에서 통용되었다. 남학생도, 여학생도, 학부모도, 아무도 이상하다고 말하지 않았다. 그래서 국가가 명한 대로 어리석기 짝이 없는 전쟁을 하였고, 어리석은 전후를 지속하였으며, 지금도 벗어나지 못하고 있다. 국가는 이제 필요 없다. 각자의 거주지 공동체=커뮤니티로 충분하다.

11월 25일

　헌법은 비단 손수건이 아니다. 걸레다.

　국회의원을 위한 장식품이 아니다. 민중의 일상생활을 깨끗하게 만들어주는 것이다.

　왜곡을 바로잡아주는 것이다.

11월 26일

　되돌아보면 1930년대에는 민주주의가 사회생활 전반의 지침으로 여겨졌다. 주권재민과 인권 존중이 역설되었다. 당시 나는 중학생이었는데, 링컨 대통령이 연설에서 하였다는 말을 반복적으로 들었던 기억이 난다.

　이러한 시류 속에서 어째서 일본은 중국을 침략한 것일까? 중국 침략이 잘 풀리지 않는다고 왜 대對미·영전쟁을 벌인 것일까? 그리고 근현대사에서 전례를 찾아볼 수 없는 무조건 항복의 길에 들어선 것일까?

　국민은 전쟁이 개시되었음을 대본영 발표를 통하여 알았다. 그리고 종전은 천황의 라디오 방송을 통하여 들었다. 전쟁과 관련된 일체에 관하여 그 어떤 방식으로든 국민에게는 단 한 번도 의견을 물은 적이 없다. 그러면서 온 갖 희생을 요구하였다.

당시, 국가의 최고 법규는 말할 것도 없이 메이지 헌법이었다. 메이지 헌법 조항의 그 어디에도 '일본 국민'이나 '일본 인민'이라는 말은 없다. 모두 '신민'이라고 되어 있다. 이는 무엇을 의미하는가?

-일본 사회의 향후를 생각하면 이 역사적 사실에 대한 해명이 가장 생생한 테마가 되지 않겠는가?

11월 27일

사회 정의를 사회에 실현하고자 하는 사회운동은 남에게는 최고로 친절하고 자신에게는 최고로 엄격하게 대하는 것에서부터 출발한다. 그렇지 않으면 사회운동이 아니다.

11월 28일

의안의 채용 여부를 다수결로 결정하는 방식은 인간이 일을 처리하는 방식치고는 지극히 조잡하고 단순하며 나태한 방식이다. 살펴보건대 전 세계의 단체 및 조직의 약 90%가 다수결로 의사 결정을 한다.

그러니 한번 둘러보라. 사회의 90%는 언제나 어두컴컴하고 축축하고 썩은 내가 난다. 과거에는 전 세계 인간 대부분이 태양은 지구 동쪽에서 올라와 서쪽으로 가라앉는 행위를 매일 반복한다고 굳게 믿었다. 한 명만이 "그렇지 않다. 지구가 태양을 돈다"고 생각하였다. 그 한 명 덕분에 전 인류는 어리석음의 밑바닥에 가라앉는 수치를 면할 수 있었다.

이 사실을 때때로 다 같이 떠올려보아야 한다. 그리고 의사 결정은 찬성하는 자와 반대하는 자의 수가 아니라 의견이 이치에 맞는가, 그렇지 않은가로 결정하여야 한다. 이를 위해 세밀하게 노력하고 면밀하게 검토하며 납득될 때까지 힘써야 한다. 그러면 이 세상의 90%가 순식간에 밝고 명랑해져 언제나 좋은 향기로 가득할 것이다.

11월 29일

사회주의는 "전쟁을 통해 혁명으로!"라고 외치며 스스로를 전사시켰다.

이 얼마나 어리석은 일인가.

11월 30일

증오는 증오하는 자에게도, 증오받는 자에게도 종점 없는 고통이 아닐까?

우리가 청년기였을 때 사회운동 진영에서 "증오의 도가니에서 붉게 타오르는 무쇠 검을 때려 연마하라"고 노래 부르며 증오를 표방하려는 움직임을 보였다. 하지만 결국 아무것도 낳지 못하고 자멸하였다.

인간 세상에서 증오를 부정할 수 없다면 그것을 무엇을 향하여 어떻게 전환시켜야 할지 다 함께 목숨 걸고 생각해야 마땅하지 않을까?

*

12월 1일

언젠가는 반드시 찾아오는 죽음을 외면할 수는 없다.

스스로 납득하고 죽자.

이를 위해 끝까지 살아남자.

살 수 있는 한 있는 힘껏 끝까지 살자.

그것이 산다는 것이다.

12월 2일

죽음과 사후에 대하여 사람들이 쓴 글을 모으면 태산을 이룰 것이다. 나도 죽음과 사후에 대하여 곧잘 썼지만, 확실한 반응은 없었다.

죽은 사람이 직접 쓴 편지가 한 통이라도 도착한다면 실체를 알 수 있겠지만, 과거 700만 년 동안 죽은 자 그 누구한테서도 엽서 한 장 도착하지 않았다. 앞으로도 올 리 없다. 그렇다면 인생의 토대를 다시금 파악하여야 하지 않을까?

죽음은 죽음 자체에게 맡길 수밖에 없다. 우리들 살아 있는 자는 악착같이 살아야 한다. 길은 그것 하나뿐이다.

12월 3일

지지 않는 꽃은 종이로 만들어진 가짜 꽃이다. 지는 꽃 이기에 피는 법.

이와 마찬가지로 죽기 때문에 산다.

죽음이 두려울 것도 슬플 것도 없다. 손님일 뿐이다.

수미일관, 시종일관.

탄생의 함성도, 저승행도 경사.

웃으면서 죽자.

12월 4일

사람이 태어나면 어디서든 누구나 축하하며 기뻐한다. 사람이 죽으면 어디서든 누구나 슬퍼하며 운다. 참 이상하다. 이상한데 이상하다고 느끼지 않는 게 이상하다.

이 세상의 모든 것은 시작과 끝이 연동되고 연결되어 일관되는 것이 보통이다. 그런데 삶의 시작과 끝은 어째서 완벽하게 등을 맞대고 있는가? 만인에게 축복받으며 시작된 생명의 개시가 만인의 슬픔으로 종료된다면, 인생이라는 삶, 그 고생은 무엇을 위함이란 말인가? 인간이 계속하여 탄생을 기뻐하고 죽음을 탄식하며 슬퍼하는 한, 실은 인간은 인간으로서 사는 게 아니지 않을까?

12월 5일

문장을 쓰는 일은 생명을 깎아먹는다. 죽을 때가 다가오고 있음을 느끼는 나이가 되고 이를 몸으로 체감하였다. 문장을 쓰는 일에는 그만큼 무거운 의미가 있구나. 인류 생활의 윤리를 제대로 잡기 위해서는 글쓰기 장인이 반드시 필요하다.

12월 6일

식사할 때 밥그릇을 머리 높이까지 들어 올려 감사하고 "잘 먹겠습니다!"라고 말한 다음에 먹는 행위를 어렸을 때부터 지금까지 해왔다. 90년 넘게 하루 세 번 감사하였으므로 대충 계산하더라도 9만 번이 넘는다.

그중 1회치 분량이라도 지상의 누군가에게 전해졌을까? 무언가를 지속할 거라면 설령 아무리 작은 일이라도 효과가 확실한 일을 하자고 언제나 다짐한다.

12월 7일

늙은 것을 후회하지 않기 위해 배울 수 있을 때 실컷 배워라.

달릴 수 있을 때 실컷 달려라.

서로 사랑할 수 있을 때 실컷 사랑하라.

12월 8일

　나를 죽음으로 인도할 자의 발걸음 소리가 슬슬 들릴 때가 되었으니,

　말하고 싶은 것은 다 말하라.

　쓰고 싶은 것은 다 써라.

　해야 하는 것과 할 수 있는 것은 다 하라.

　인생, 이놈아! 후회를 남기지 마라. 끝까지 해내라.

12월 9일

　혹 올라가서 혹 피고, 혹 진다.

　불꽃은 자신의 짧은 목숨으로 자신의 생명을 주장한다.

　서글프다.

　늙은 내 마음은 불꽃을 보고 싶기도 하고, 보기 싫기도 하다.

12월 10일

피어나는 초목을 본다.

손발을 마음껏 펼치며 노래하는 것 같다.

눈물은 한 방울도 볼 수 없다.

웃지 않지만, 금방이라고 웃을 것 같다.

사람도 이처럼 살면 좋겠다.

늙을수록 피어나는 삶을 강하게 바라게 된다.

12월 11일

NHK 백 살 TV의 사회를 맡았던 만담가가 했던 말이다.

"장수하는 사람은 남녀를 불문하고 엉큼해요!"

당연한 말이다. 살고자 하는 에너지가 있으니 웬만해서
는 죽지 않는 것이다.

사람은 팔짱을 끼면 젊어진다. 심장과 심장을 맞대면
눈에 띄게 젊어진다.

12월 12일

호색 근성은 남녀 모두에게 있다.

적당한 것이 가장 바람직하다.

너무 적은 것이 너무 많은 것보다 나쁘다.

너무 많으면 감당하기 힘들다.

만인의 인생 중대사이다.

어째서 '호색학'이라는 학문은 없는 것일까?

12월 13일

젊음과 늙음은 한 쌍이다. 젊은이와 노인은 한 쌍이다. 그런데 노인을 어떠한 연유로 고령자라고 부르는 것인가? 그렇게 부르고 싶거든 청소년을 저령자라고 부르고, 청소년이 그렇게 불러도 좋다고 허락하면 그때 가서 그렇게 불러라. 고령이라는 말로 존중하는 척 꾸미는 게 모욕하는 것보다도 질 나쁜 짓이다. 보라. 역대 정부=행정의 고령자 대책이 하나같이 낙제하지 않았는가!

12월 14일

일본인이 쓰는 생활 용어 '늙다'와 '나이 먹다'의 울림 속에는 '늙어빠지다'라는 뉘앙스가 섞여 있다. 그렇다 보니 겉보기에는 경로하는 듯한 용어, 행사, 풍속의 실제 실태는 '노인 모욕'이다.

어느 시대에나 노인들은 이를 알면서도 잠자코 받아들였다. 일본인에게서 젊은 활력의 에너지가 사라진 지 오래다. '늙음'이 당당하게 서서 걸어 나아가지 못하면 '젊음'도 제대로 움틀 수 없다. 우리 노인이 진정한 늙은이가 되자.

12월 15일

한곳에서 벗어나지 않는 나무는 장수하는데, 인간은 어째서 단명하는가?

지구는 촐랑대는 녀석을 싫어하는 모양이다.

12월 16일

‘이젠 글렀구나, 죽겠구나’ 싶은 생각이 들어 죽음을 각오하였다.

그랬더니 살았다.

두 번이나 그랬다.

생명은 심술쟁이다.

12월 17일

생명은 잠들지 않는다. 쉬지 않는다. 매일 8만6,400초를 바쁘게 일한다. 다들 생명 활동에 부응해야 하지 않을까?

12월 18일

지치고 겁이 나면 마음껏 소리 지르자.

세상에 처음 태어나 "응애" 하며 질렀던 함성을 복습하자.

순식간에 기운이 난다.

12월 19일

단 한 번뿐이다. 자신의 죽음을 스스로 소중히 하자.

12월 20일

태어나서부터 60년간 인간으로서 인간답게 계속해서 살면 인간으로서 경험할 수 있는 일과 해야 하는 일은 거의 경험할 수 있다. 그제야 어엿한 한 명의 인간이 된다. 그때부터 인간으로서의 진짜 삶이 시작된다. 누구든 인간으로서 인간답게 살면 그 몸은 30년은 유지된다.

문제는 무엇을 어떻게 하는 것이, 무엇을 어떻게 하지 않는 것이 인간의 삶으로서 타당한가 하는 것이다. 이것이 생활 내용의 농도와 생명 거리의 길이에 반영된다. 모든 게 자업자득이라는 말이다. 생글생글 웃으며 받아들이고 모든 것을 자신만의 방식으로 음미하자.

나는 태어난 지 현재 97년 2개월이 되었다. 인류가 지구에 앞으로 몇 년이나 더 존속할 수 있을지 나 나름대로 전망한 후에 죽고 싶지만, 그러기 위해서는 눈을 크게 뜨고 앞으로 2년을 더 살지 않으면 안 된다. 그것이 가능할 리 없다. 불가능함을 아는 꿈을 품었으면서, 하물며 할 수 있다는 낯짝을 하고 하루하루를 사는 것은 최고의 보람이고 최상의 기쁨이다. 당신도 맛보길 바란다.

12월 21일

　초록빛 숲에서 흘러나오는 공기를 가슴 가득 들이마셨다. "아아, 상쾌해!"라는 탄성이 나왔다. 이것이 살아 있다는 그 무엇보다 확실한 증거이다.

12월 22일

　아침에 눈이 떠지지 않으면 아직 밤 속에 있는 것이다. 가볍게 "지나가지 않는 밤은 없다"고 말하지 말라. 육체의 각성도, 마음의 각성도 생명의 증표이다.

12월 23일

"응애" 하고 태어나서부터 목숨이 끊어질 때까지 계속되는 심장의 고동, 그것이야말로 생명의 노래이고 삶의 모습이다.

12월 24일

주변에 아무도 없어 혼자인 것을 외롭다고 느낀 적은 한 번도 없다. 사람이라는 생명체는 "응애" 하는 첫울음도, 숨의 끊어짐도, 그리고 생존을 위한 생활 토대 또한 홀로 감당해야 하는 법이지 않은가.

12월 25일

나의 생명은 어디에 있지?

평생에 한 번이라도 좋으니 "너의 생명이란다!" 하며 훅하고 모습을 보여줘.

평생의 벗이지 않은가!

12월 26일

　죽음의 방문이 기쁘지 않지만, 슬프지도 않다.

　달아나지도, 숨지도, 울지도 않을 것이다.

　내 것이 나에게 도착하면 씨익 웃으며 받아들일 것이다.

　그보다 사후 세계의 모습을 글로 써 생의 세계로 보낸 사자死者가 아직 한 명도 없다.

　가능하면 내가 그 첫 번째 편지를 써보고 싶다. 나는 글쓰기 장인이니까.

12월 27일

　어디서든 무엇이든 좋다. 청소하면 그만큼 자신이 맑아진다.

12월 28일

자신의 죽음에 스스로 대비하는 것, 그것이 살아 있다는 무엇보다 확실한 증거이다.

12월 29일

한평생을 끝맺는 마지막 순간에 뭐라고 하여야 할까? 여태까지 살 수 있게 도와준 일체의 것들에게 "고마웠습니다"라고 하는 게 가장 적당하지 않을까?

12월 30일

무언가에 이겼다는 생각도 들지 않고, 무언가에 졌다는 생각도 들지 않는다.

이제 곧 인생을 마무리할 텐데, 사람의 인생은 승부를 가리는 시합이 아니다.

승패를 뛰어넘어 끝까지 완주해야 하는 길이다.

12월 31일

늙을수록 암흑을 두려워하지 않고 친근하게 느끼게 되었다.

살아가는 활동은 모두 첫 출발도, 귀결한 후의 재출발도 암흑에서 시작된다는 것을 깨달았다.

모든 것이 상대적이고 유한한 이 지상에서 죽음만이 절대적이며 무한하다.

생글생글 웃으며 눈을 감자.

종료 즉 출발, 그것이 죽음이다.

본서의 내용과 저자의 생애

- 무노 다케지

문득 등 뒤로 나 있는 길을 돌아보고 "결국, 글쟁이의 일생을 보냈구나"라고 중얼거렸습니다. 이 말에는 그 어떤 감상도 담겨 있지 않습니다. 사실을 말한 것뿐이죠. 도호쿠 지방의 농촌에서 태어나 세 개의 학교를 모두 15년간 다니고, 1936년 4월에 스물한 살의 나이로 도쿄 유라쿠초의 신문 거리에 발을 들였습니다. 그리고 생후 99년 차를 맞이한 2013년까지 제 사회적 타이틀은 기자 및 평론자, 즉 글을 쓰고 말을 하는 일을 하였습니다. 그 외길을 햇수로 78년간 터벅터벅 걸어왔습니다. 본서의 내용은 그 길에 쌓인 발자국 중에서 엄선한 것입니다. 그 발자국이 탄생하게 된 경위를 사회에 공개하는 이유는 오늘을 살아가는 젊은이들에게 참고가 될 수 있겠다고 판단하였기 때문입니다. 아무쪼록 들어주시길 바랍니다.

신문기자로 일하기 시작하고 곧 저는 자신의 무력함을

통감하였습니다. 기자는 인간사의 생생한 천태만상을 받아들이고 이해하고 해석하고 판단한 다음 세상에 전달할 것을 전달하는 것이 일인데, 학교에서 갓 습득한 능력과는 상당히 거리가 있더군요. 하물며 신문사에서는 신입 기자를 입사 첫날부터 현역으로 취급하여 기사를 작성케 합니다. 신입 훈련은 살아 있는 현장에서 하는 게 신문사의 관례였습니다. 신입 기자 모두가 그랬던 것처럼 저 역시 박살나고 깨지며 출발하였습니다. 하지만 신기하게도 전혀 기죽지 않았습니다. 학교와 직장은 존재 목적이 다릅니다. 사회인으로서 필요한 능력은 본인이 사회생활을 하며 습득하여야 하는 것이므로 스스로 노력하면 된다고 생각하였기 때문입니다. 기자 일은 의미 있고 재미있는 일이라는 생각도 용기를 북돋아주었습니다. 그다음에는 무엇을 하였을까요?

자학자습하기 위해 당장 할 수 있는 일은 두 가지입니다. 책을 읽는 것과 가르침 받고 싶은 사람을 찾아가 이야기를 듣는 것. 이 두 가지에 열을 올렸습니다. 신문사에는 책을 좋아하는 사람이 많습니다. '잘 쓰려면 잘 읽어라!'가 우리 직장의 구호였기 때문인지, 많지 않은 월급에서 책값을 확보하기 위해 고생하는 선배가 많았습니다. 어느 사이엔가 저도 동료로 합류하였고, 정신을 차리고 보니 좁은 우리 집에 장서 1만5,000권이 꽂힌 개인 도서관이 생겨 있더군요. 가르침을 받고 싶은 개인과 단체를 방문하여 이야기를 듣는 일은 기자 일과도 겹치는 부분이 있었습니다.

지금 문득 생각났는데, 전쟁 당시 도쿄 세타가야구에 회교 사원과 회교지역연구소가 있었습니다. 회교란 이슬람교의 중국식 명칭입니다. 당시에는 그런 곳에 관심을 갖는 사람이 없었기 때문에 신문의 소재거리가 되지 않았습니다. 하지만 저는 새로운 것을 알아가는 게 재미있어 여러 차례 그곳을 찾아가 이야기를 들었습니다. 이때의 경험이 후에 인도네시아와 중앙아시아에 나가 그 땅의 이슬람교도들과 접촉할 때 실로 크게 도움이 되었습니다. 배울 때는 수고와 노고를 아끼지 않고 시간과 노력을 들여야 해요. 그만큼 깊이 있는 힘이 됩니다.

다음으로는 고고학과의 만남에 대하여 말하고 싶습니다. 학창 시절에는 고고학 관련 서적을 한 권도 읽지 않았습니다. 그런데 신문기자가 되고 어째서 고고학에 몰두하였는가? 저널리즘이 요구하였기 때문입니다. 사회적 사건과 현상에는 반드시 원인이 있습니다. 이것이 과정을 거쳐 결과를 낳고, 결과가 새로운 원인이 됩니다. 이러한 진상을 사회에 전달하기 위해서는 무엇보다 원인을 규명하고 어째서 그것이 시작되었는가를 깊이 파고들 필요가 있습니다. 그러한 노력을 계속해나갔더니 인류의 과거를 해명하는 고고학에 이르게 되었습니다. 나의 문제의식을 어떻게 키워주었는지 일례를 들어보겠습니다.

현재까지 인류 역사에서 가장 큰 사건은 인류가 자신의 식량을 스스로 만들어내기 시작한 것입니다. '농경 생활'은 약 1만 년 전 현재의 이라크 땅에서 시작된 것으로 추정되며, 당시 상황에 관한 많은 고고학 연구 보고가 나오고 있습니다. 관련 내용을 공부할 때면 종종 스스로 식량을 생산하지 못한 그 이전 인류에 대하여 상상해보곤 하였습니다. 아니, 인류가 처음으로 출현하였을 당시의 모습을 그려보았습니다.

700만 년 전 최초의 인간이 지상에 출현하였을 당시에는 온갖 육식동물 무리가 지상을 활보하고 있었을 것입니다. 이들 육식동물에게 이제 막 태어난 인간은 그야말로 먹음직스러운 간식거리였을 테지요. 태어나고 먹히고 태어나고 먹히고를 몇만 년, 아니 몇십만 년간 반복하며 이윽고 살아남아 성장한 인간은 함께 모여 공동체를 형성하고 힘을 합쳐 생존해나갔을 겁니다. 이것을 가능케 한 것은 무엇일까요? 바로, 말입니다.

말은 옛 신배와 현 세상로부터 계승하여 그대로 쓰기만 하면 쇠퇴하여 닳아 없어지고 맙니다. '내 말에 내 생명과 생활을 쏟아붓자. 그래! 사회 현실에 입각하여 거침없이 내 생각을 말에 쏟아붓자. 생각하면 사람은 자신의 말로 표현하려 하지. 이를 기록하고 기회 될 때마다 여러 각도에서 비판하여 말을 약동시키자!'고 생각하였습니다. 이를 위해 큼직한 공책을 준비하고 '어록'이라고 명명하였습니다. 이러한 공부 방식을 격려하기 위해 스스로 몇 년마다 슬로건을 만들었습니다. 어떤 슬로건이 있었는지 소개하겠습니다.

'주어를 분명하게 밝혀라!', '동사를 충분히 활약시켜라! 움직이지 않으면 동사가 아니다!', '형용사를 쓰지 마라! 사실을 말해라!', '말이 재미없으면 사람과 사람 사이에 인연이 생기지 않는다! 언어가 지닌 재미를 경작하라!'

방금 말한 언어 공부를 하기에 앞서 한 가지 유의한 점이 있습니다. 33세 때 『주간 다이마쓰』라는 소형 신문을 창간하자마자 독자한테서 비판이 쏟아졌습니다. "진지하고 유익한 신문이나, 읽다 보면 숨이 막힙니다. 지면 구성 방식을 연구하길 바랍니다"라고 하였습니다. 맞는 말이었습니다. 그래서 제1면 제일 상단의 제목 옆에 작은 창문 공간을 만들고 거기에 깊은 뜻을 지닌 짧은 시를 실었습니다. 이에 자극받아 제 인식과 생각을 색지에 적기 시작하였습니다. 한 권의 소설 또는 한 편의 철학 이론 핵심을 글자 열 자나 스무 자, 혹은 서른 자로 간략하게 표현할 수 없을까 하고 시도해보았습니다. 처음에는 '끝나지 않는 밤은 없다', '매일매일 절필', '초목이 싹트는 힘은 바위를 뚫는다' 등을 썼는데, 지금은 지상의 온갖 사건과 움직임에 대하여 씁니다. 이들 색지에 쓴 글과 '어록' 노트를 5년 전부터 "내가 죽은 후도 좋고 언제든 좋으니 '말'에 몰두하는 젊은이가 있거든 이것들을 참고하도록 보여주거라. 흩어져 없어지지 않게"라며 차남 다이사쿠 군에게 건네고 있습니다.

다이사쿠 군은 노트가 10권, 색지가 1,100장을 넘어섰을 때 정리를 겸하여 전체적으로 훑어보았다 하더군요. 그리고 아버지가 인생길을 걸으며 파악한 삶의 지혜, 마음가짐, 반성 등을 자식들에게 말해주는 느낌을 받았다고 합니다. 그렇다면 부모 자식 사이가 아니더라도 세상의 여러 세대와 직업인에게도 도움이 되지 않을까 싶어 '어록'과 색지에서 어구를 선별하여 겨울, 봄, 여름, 가을의 사계절 이미지에 맞추어 분류하고, 또 각각의 이미지에 세 개의 중심 테마를 할당하였다고 합니다. 나아가 1년 365일에 배분할 때는 되도록 서로 이웃한 이틀간은 테마를 동일하게 잡았다고 합니다. 예를 들어 먼저 짧은 말로 표현하고 그다음에 설명문으로 된 긴 글을 조합하여 되도록 내용을 깊이 이해할 수 있도록 하는가 하면, 표면적으로 보면 정반대로 보일 수 있는 내용을 짝으로 조합하는 등 내용을 더 깊이 생각해보는 기회를 가질 수 있도록 배려하여 구성하였다고 합니다. 이와 같이 구성하는 것이 어떻겠냐는 다이사쿠 군의 의견을 듣고 저는 즉시 찬성하였습니다. 왜냐하면 본서가 독자 여러분의 365일의 삶 가장 가까운 곳에 있으면서, 독자 여러분의 말 상대가 되어드리길 바라기 때문입니다.

책을 준비하며 가장 힘들었던 점은 2,000개 이상의 문장을 다시금 재점검하는 작업이었습니다. 부자지간에 논쟁하기도 하고, 공명하기도 하고, 음미하며 시간을 충분히 들여 한 권의 책을 완성하였습니다. 책 제목은 『99세의 하루 한마디』입니다. '보고, 그리고 생각하고, 그리고 말하는' 과정에 새로운 약동을 낳을 자극을 제공하고 싶은 것이 저의 바람입니다. 그동안 아낌없는 격려와 조언을 해준 이와나미서점 신서 편집부에 감사의 뜻을 전합니다. 특히 본서를 담당해준 우에다 마리 씨가 해준 "이 책이 저를 격려해준 것처럼 틀림없이 다른 사람들도 격려해줄 거예요"라는 말에 이 노인, 용기를 얻었습니다. 감사합니다.

10월 10일

본서의 제작과 관련하여

- 무노 다이사쿠武野大策

본서를 제작하기로 결심한 것은 안저 출혈이 발생한 아버지(무노 다케지)가 이를 치료하고 나서 요코테에 있는 저희 집으로 2008년 8월 31일에 구구절절한 사연과 함께 100장가량의 색지를 보내온 것이 직접적인 계기가 되었습니다. 그 색지를 보고 힘찬 필체에 놀랐습니다. 그중에서 36장을 골라 그것을 그대로 복사하면 책이 되지 않겠느냐고 제안하였습니다.

저는 열 살 무렵에 이미 아버지와 다른 길을 가기로 결심하였고, 그때까지 아버지의 저서도 거의 읽지 않았기 때문에 아버지는 그런 저의 제안에 놀랐을지도 모르겠습니다. 제안이 즉시 현실이 되지는 않았지만, 이렇게 하면 당신 생각이 자식에게 전해지지 않을까 싶었는지 이따금 아버지는 색지에 글을 적어 제게 건넸습니다. 어떤 식으로 건넸는가? 대표적인 일례를 들겠습니다.

저는 평소 운동 부족을 해소하기 위해 옆 동네 가와고에川越시의 회다원喜多院이라는 사찰로 한 달에 한두 번가량 자전거를 타고 갑니다. 그날도 자전거를 타고 온 어느 날 저녁이었습니다. 여러 장의 색지와 함께 본서 1월 1일에서 소개한 '기도할 거면 자신에게 기도하라. 세전함에 돈을 넣을 바에야 자신에게…'라는 색지를 건네받았습니다. 제가 절에 가는 마음은 다른 사람과 별다를 것이 없으며, 특별히 불심이 깊어서 가는 게 아니라는 것을 알면서 이런 글을 건넸다는 사실에 반발심이 들었습니다만, 그래도 정성스럽게 봉투에 넣어 보관하였습니다.

저의 이런 모습을 보고 '보관을 잘하고 있군!' 싶었던 것인지 그 후로 건네는 양이 부쩍 늘었고, '어록'이라고 쓰인 큼직한 노트까지 건네기 시작하였습니다. 색지는 점점 늘어 색지를 받기 시작한 지 5년이 경과한 2013년 2월이 되자 대충 봐도 1,100장이 넘었는데, 이대로 보관만 하다가는 매몰되겠다 싶었습니다. 아버지가 글을 건네면서도 제가 노트와 색지를 정리할 것으로 기대하지 않았을 것이고, 마찬가지로 저 역시 이러한 것에 대한 감수성이 부족하여 한동안은 도통 어찌하질 못하였습니다. 그러한 상황을 변화시킨 계기는 많은 색지 중에서 제 마음을 움직인 두 장을 발견하고 각각에서 겨울과 가을의 이미지를 느낀 일이 었습니다. 그 후 나머지 중에서 봄과 여름 이미지를 지닌 것을 찾아보고 싶은 의욕을 갖게 되었고, 아들의 눈에 비친 무노 다케지의 네 가지 모습을 보게 되었습니다. 아버지는 '인간이란 어떻게 살아야 마땅한가'를 묻고 있는 듯하였습니다.

나는 여태까지 생물이 행하는 한 가지 혹은 두 가지 생리 현상을 과학적으로 설명하는 연구에 종사하였습니다. 이는 인간을 비롯한 생물의 내부에서 이루어지는 현상을 명확하게 밝히는 일로서, 특히 20세기에 들어 비약적으로 약진하여 세세한 부분까지 해명되었습니다. 그러나 여전히 '생명'이란 무엇인가가 해명된 것은 아닙니다. 이 지식은 인간 생활을 더욱 편리하게 할 수는 있지만, 본질적인 삶의 방식을 묻는 일은 거의 없습니다. 본서를 제작하며 나는 이러한 과학 연구에서 얻은 지식이 인간이 어떻게 살아야 하는가에 대한 고민으로 이어져야 함을 절실하게 통감하였다고 아버지에게 말하였습니다. 제 말을 듣고 아버지는 "생명과학에서 말하는 '생명'이란 무엇인가를 묻거라"라고 말씀하셨습니다.

어린 시절에 가정은 돌아보지 않고 사회 활동이라며 늘 밖에 나가 있던 아버지 무노 다케지와 당시 아버지의 나이를 넘어선 제가 본서를 준비하며 이제야 제대로 부자지간에 대화와 교류를 한 듯합니다. 아무튼 선발 세대가 후발 세대에게 자신의 경험을 정확한 정보로 남기는 것은 모든 생물 가운데 필시 인간만이 가진 능력일 겁니다. 그러므로 이 능력을 충분히 이용하는 것이 중요합니다. 본서를 그러한 것으로서 받아들여주길 기원합니다.

역자 후기

"전쟁터에서는 종군기자도, 병사도 같은 심경이 됩니다. 상대를 죽이지 않으면 내가 죽는 상황에서는 도덕의식이 붕괴됩니다. 그래서 전쟁이 나면 여성에게 몹쓸 짓을 하고, 물건을 훔치고, 증거를 없애기 위해 불을 지르죠. 이러한 전쟁으로 사회 정의를 실현할 수 있을까요? 인간의 삶을 행복하게 할 수 있을까요? 전쟁은 결코 용납해서는 안 됩니다. 하지만 우리 노년 세대는 그것을 허락하고 말았습니다. 진실을 국민에게 알리고 올바른 길을 제시해야 마땅한 언론인이 몇백 명이나 있었음에도 아무것도 할 수 없었습니다. 전쟁은 시작되면 멈출 길이 없습니다."

2016년 5월 헌법 집회에서 휠체어에 앉은 무노 다케지가 강풍에 백발을 휘날리며 묵직한 어조로 젊은 세대에게 말하였다. 공개 석상에서 한 그의 마지막 발언이다.

전쟁 당시 아사히신문 기자였던 무노 다케지는 전장을 취재하였다. 하지만 진실을 전할 수 없었다. 자체 검열을 하는 신문사 분위기에 짓눌려 진실을 쓰지 못했던 것이 회한이 되어 "전쟁에서 졌음에도 승전한 것처럼 보도하며 국민을 기만한 것에 대한 책임을 지겠습니다"라며 종전날에 퇴사하였다. 그 후 그는 '저널리스트가 할 수 있는 일은 무엇인가?', '어떻게 하면 사람들이 행복하게 살 수 있는 사회를 만들 수 있을까?'라는 두 명제를 가슴에 품고 고향 땅 아키타현으로 돌아가 주간 신문 『다이마쓰』를 창간하였다.

그는 패전과 동시에 일본 국민과 정부는 전쟁을 매듭지었어야 마땅한데도 그렇지 않았다고 주장하기도 하였다. "그 전쟁은 누가 언제 시작하였는가, 난징 대학살과 종군 위안부 등 전쟁에서 무슨 일이 일어났는가, 그리고 일본이 침략한 중국과 한국에 대한 배상은 어떻게 할 것인가." 특히 이 세 가지에 대한 매듭을 짓지 않았다며 비판한 것으로도 유명하다.

오늘날에는 전쟁 후에 태어난 사람이 일본 인구의 80% 이상이다. 무노 다케지는 전쟁의 본질을 분명하게 밝히고 참상을 이야기함으로써 평화의 소중함을 다음 세대에게 전할 수 있다는 신념을 품고 평생 동안 반전, 평화, 민주주의를 주장하며 집필 활동과 교육운동을 펼쳤다.

　이러한 그의 행보를 알고 본서를 읽는다면 그의 짧은 문장들이 더욱 깊은 무게로 다가올 것이다. 인간, 삶, 생명, 평화, 일상에 대하여 그 누구보다 깊은 통찰을 지닌, 2016년 8월 21일에 101세의 나이로 별세한 글쓰기 장인의 이야기에 한번 귀 기울여보길 바란다.

옮긴이 김진희

무노 다케지의 저서 일람(간행순)

- 『다이마쓰 16년たいまつ十六年』 기획통신사企画通信社, 1963년 / 이론사理論社, 사회사상사[현대교양문고現代教養文庫], 1994년 / 이와나미서점岩波書店 [이와나미현대문고岩波現代文庫], 2010년
- 『눈하고 발하고雪と足と』 문예춘추신사文藝春秋新社, 1964년 / 『정본 눈하고 발하고定本 雪と足と』, 산세이도三省堂 [sanseido books], 1970년
- 『짓밟힌 돌의 답신踏まれ石の返書』 문예춘추신사, 1965년 / 평론사平論社, 1983년
- 『넝마를 깃발 삼아ボロを旗として』 반초쇼보番町書房, 1966년 / 이즈미야출판イズミヤ出版, 2003년
- 『일본의 교육에 호소하다日本の教師にうったえる』 메이지도서출판明治図書出版, 1967년
- 『시집 다이마쓰-인간에 관한 단편 604詩集 たいまつ-人間に関する断章604』 산세이도 [산세이도신서三省堂新書], 1967년
- 『내일을 향한 절창-이상과 정열明日への絶唱-理想と情熱』<청춘 기록4青春記録4>(편저) 산이치쇼보三一書房, 1967년
- 『1968년-걸어 나아가기 위한 소재1968年-歩み出すための素材』(공저) 산세이도 [산세이도신서], 1968년
- 『일본의 교육을 생각하다-풍요로운 인간 교육을 위한 제안日本の教育を考える-豊かな人間教育への提言』(공저) 도시바교육기법연구소東芝教育技法研究所 [TETA신서TETA新書], 1970년
- 『해방으로의 십자로解放への十字路』 평론사, 1973년
- 『우리가 사는 곳이 우리의 수도われ住むところわが都』 이에노히카리협회家の光協会, 1975년
- 『시집 다이마쓰 I 詩集たいまつ I』 평론사, 1976년

- 『시집 다이마쓰Ⅱ 詩集たいまつⅡ』 평론사, 1976년
- 『시집 다이마쓰Ⅲ 詩集たいまつⅢ』 평론사, 1988년
- 『시집 다이마쓰 詩集たいまつ』 평론사, 1997년
- 『시집 다이마쓰Ⅳ 詩集たいまつⅣ』 평론사, 2002년
- 『무도 다케지, 현대를 베다 むのたけじ 現代を斬る』(공저) 이즈미야출판, 2003년
- 『전쟁이 필요도 없고 할 수도 없는 세상으로 戦争いらぬやれぬ世へ』 <무노 다케지가 말하다Ⅰ むのたけじ語るⅠ> 평론사, 2007년
- 『시집 다이마쓰Ⅴ 詩集たいまつⅤ』 평론사, 2007년
- 『전쟁은 멸종시키고 인간은 부활시키자-93세 저널리스트의 발언 戦争絶滅へ, 人間復活へ-93歳・ジャーナリストの発言』(청자 : 구로이와 히사코 黒岩比佐子) 이와나미서점 [이와나미신서 岩波新書], 2008년
- 『생명을 지키고 이어나가는 세상으로 いのち守りつなぐ世へ』 <무노 다케지가 말하다Ⅱ むのたけじ語るⅡ> 평론사, 2008년
- 『시집 다이마쓰Ⅵ 詩集たいまつⅥ』 평론사, 2011년
- 『희망은 절망의 한가운데에 希望は絶望のど真ん中に』 이와나미서점 [이와나미신서], 2011년
- 『죽지 않는 지역사회-97세 현역 저널리스트와 젊은 시민의 대화 死なない地域社会-97歳の現役ジャーナリストと若い市民との対話』 쓰가루ROCK계획위원회 教賀ROCK計画委員会 [ROCK신서 ROCK新書], 2012년
- 『그림책과 저널리즘 絵本とジャーナリズム』 NPO법인 그림책으로 양육하기 센터 NPO法人 絵本で子育てセンター (총서 007), 2013년

일본의 지성을 읽는다

001 이와나미 신서의 역사
가노 마사나오 지음 | 기미정 옮김 | 11,800원

일본 지성의 요람, 이와나미 신서!
1938년 창간되어 오늘날까지 일본 최고의 지식 교양서 시리즈로 사랑
받고 있는 이와나미 신서. 이와나미 신서의 사상·학문적 성과의 발
자취를 더듬어본다.

002 논문 잘 쓰는 법
시미즈 이쿠타로 지음 | 김수희 옮김 | 8,900원

이와나미서점의 시대의 명저!
저자의 오랜 집필 경험을 바탕으로 글의 시작과 전개, 마무리까지, 각
단계에서 염두에 두어야 할 필수사항에 대해 효과적이고 실천적인
조언이 담겨 있다.

003 자유와 규율 -영국의 사립학교 생활-
이케다 기요시 지음 | 김수희 옮김 | 8,900원

자유와 규율의 진정한 의미를 고찰!
학생 시절을 퍼블릭 스쿨에서 보낸 저자가 자신의 체험을 바탕으로,
엄격한 규율 속에서 자유의 정신을 훌륭하게 배양하는 영국의 교육
에 대해 말한다.

004 외국어 잘 하는 법
지노 에이이치 지음 | 김수희 옮김 | 8,900원

외국어 습득을 위한 확실한 길을 제시!!
사전·학습서를 고르는 법, 발음·어휘·회화를 익히는 법, 문법의 재
미 등 학습을 위한 요령을 저자의 체험과 외국어 달인들의 지혜를 바
탕으로 이야기한다.

005 일본병 -장기 쇠퇴의 다이내믹스-

가네코 마사루, 고다마 다쓰히코 지음 | 김준 옮김 | 8,900원

일본의 사회·문화·정치적 쇠퇴, 일본병!
장기 불황, 실업자 증가, 연금제도 파탄, 저출산·고령화의 진행, 격차와 빈곤의 가속화 등의 「일본병」에 대해 낱낱이 파헤친다.

006 강상중과 함께 읽는 나쓰메 소세키

강상중 지음 | 김수희 옮김 | 8,900원

나쓰메 소세키의 작품 세계를 통찰!
오랫동안 나쓰메 소세키 작품을 음미해온 강상중의 탁월한 해석을 통해 나쓰메 소세키의 대표작들 면면에 담긴 깊은 속뜻을 알기 쉽게 전해준다.

007 잉카의 세계를 알다

기무라 히데오, 다카노 준 지음 | 남지연 옮김 | 8,900원

위대한 「잉카 제국」의 흔적을 좇다!
잉카 문명의 탄생과 찬란했던 전성기의 역사, 그리고 신비에 싸여 있는 유적 등 잉카의 매력을 풍부한 사진과 함께 소개한다.

008 수학 공부법

도야마 히라쿠 지음 | 박미정 옮김 | 8,900원

수학의 개념을 바로잡는 참신한 교육법!
수학의 토대라 할 수 있는 양·수·집합과 논리·공간 및 도형·변수와 함수에 대해 그 근본 원리를 깨우칠 수 있도록 새로운 관점에서 접근해본다.

009 우주론 입문 -탄생에서 미래로-

사토 가쓰히코 지음 | 김효진 옮김 | 8,900원

물리학과 천체 관측의 파란만장한 역사!
일본 우주론의 일인자가 치열한 우주 이론과 관측의 최전선을 전망하고 우주와 인류의 먼 미래를 고찰하며 인류의 기원과 미래상을 살펴본다.

010 우경화하는 일본 정치

나카노 고이치 지음 | 김수희 옮김 | 8,900원

일본 정치의 현주소를 읽는다!
일본 정치의 우경화가 어떻게 전개되어왔으며, 우경화를 통해 달성
하려는 목적은 무엇인가. 일본 우경화의 전모를 낱낱이 밝힌다.

011 악이란 무엇인가

나카지마 요시미치 지음 | 박미정 옮김 | 8,900원

악에 대한 새로운 깨달음!
인간의 근본악을 추구하는 칸트 윤리학을 철저하게 파고든다. 선한
행위 속에 어떻게 악이 녹아들어 있는지 냉철한 철학적 고찰을 해본
다.

012 포스트 자본주의 -과학·인간·사회의 미래-

히로이 요시노리 지음 | 박제이 옮김 | 8,900원

포스트 자본주의의 미래상을 고찰!
오늘날「성숙·정체화」라는 새로운 사회상이 부각되고 있다. 자본주
의·사회주의·생태학이 교차하는 미래 사회상을 선명하게 그려본
다.

013 인간 시황제

쓰루마 가즈유키 지음 | 김경호 옮김 | 8,900원

새롭게 밝혀지는 시황제의 50년 생애!
시황제의 출생과 꿈, 통일 과정, 제국의 종언에 이르기까지 그 일생을
생생하게 살펴본다. 기존의 폭군상이 아닌 한 인간으로서의 시황제
를 조명해본다.

014 콤플렉스

가와이 하야오 지음 | 위정훈 옮김 | 8,900원

콤플렉스를 마주하는 방법!
「콤플렉스」는 오늘날 탐험의 가능성으로 가득 찬 미답의 영역, 우리
들의 내계, 무의식의 또 다른 이름이다. 융의 심리학을 토대로 인간의
심층을 파헤친다.

015 배움이란 무엇인가

이마이 무쓰미 지음 | 김수희 옮김 | 8,900원

'좋은 배움'을 위한 새로운 지식관!
마음과 뇌 안에서의 지식의 존재 양식 및 습득 방식, 기억이나 사고의
방식에 대한 인지과학의 성과를 바탕으로 배움의 구조를 알아본다.

016 프랑스 혁명 -역사의 변혁을 이룬 극약-

지즈카 다다미 지음 | 남지연 옮김 | 8,900원

프랑스 혁명의 빛과 어둠!
프랑스 혁명은 왜 그토록 막대한 희생을 필요로 하였을까. 시대를 살
아가던 사람들의 고뇌와 처절한 발자취를 더듬어가며 그 역사적 의
미를 고찰한다.

017 철학을 사용하는 법

와시다 기요카즈 지음 | 김진희 옮김 | 8,900원

철학적 사유의 새로운 지평!
숨 막히는 상황의 연속인 오늘날, 우리는 철학을 인생에 어떻게 '사용'
하면 좋을까? '지성의 폐활량'을 기르기 위한 실천적 방법을 제시한다.

018 르포 트럼프 왕국 -어째서 트럼프인가-

가나리 류이치 지음 | 김진희 옮김 | 8,900원

또 하나의 미국을 가다!
뉴욕 등 대도시에서는 알 수 없는 트럼프 인기의 원인을 파헤친다. 애
팔래치아 산맥 너머, 트럼프를 지지하는 사람들의 목소리를 가감 없
이 수록했다.

019 사이토 다카시의 교육력 -어떻게 가르칠 것인가-

사이토 다카시 지음 | 남지연 옮김 | 8,900원

창조적 교육의 원리와 요령!
배움의 장을 향상심 넘치는 분위기로 이끌기 위해 필요한 것은 가르
치는 사람의 교육력이다. 그 교육력 단련을 위한 방법을 제시한다.

020 원전 프로파간다 -안전신화의 불편한 진실-

혼마 류 지음 | 박제이 옮김 | 8,900원

원전 확대를 위한 프로파간다!
언론과 광고대행사 등이 전개해온 원전 프로파간다의 구조와 역사를
파헤치며 높은 경각심을 일깨운다. 원전에 대해서, 어디까지 진실인
가.

021 허블 -우주의 심연을 관측하다-

이에 마사노리 지음 | 김효진 옮김 | 8,900원

허블의 파란만장한 일대기!
아인슈타인을 비롯한 동시대 과학자들과 이루어낸 허블의 영광과 좌
절의 생애를 조명한다! 허블의 연구 성과와 인간적인 면모를 살펴볼
수 있다.

022 한자 -기원과 그 배경-

시라카와 시즈카 지음 | 심경호 옮김 | 9,800원

한자의 기원과 발달 과정!
중국 고대인의 생활이나 문화, 신화 및 문자학적 성과를 바탕으로, 한
자의 성장과 그 의미를 생생하게 들여다본다.

023 지적 생산의 기술

우메사오 다다오 지음 | 김욱 옮김 | 8,900원

지적 생산을 위한 기술을 체계화!
지적인 정보 생산을 위해 저자가 연구자로서 스스로 고안하고 동료
들과 교류하며 터득한 여러 연구 비법의 정수를 체계적으로 소개한다.

024 조세 피난처 -달아나는 세금-

시가 사쿠라 지음 | 김효진 옮김 | 8,900원

조세 피난처를 둘러싼 어둠의 내막!
시민의 눈이 닿지 않는 장소에서 세 부담의 공평성을 해치는 온갖 악
행이 벌어진다. 그 조세 피난처의 실태를 철저하게 고발한다.

025 고사성어를 알면 중국사가 보인다

이나미 리쓰코 지음 | 이동철, 박은희 옮김 | 9,800원

고사성어에 담긴 장대한 중국사!
다양한 고사성어를 소개하며 그 탄생 배경인 중국사의 흐름을 더듬
어본다. 중국사의 명장면 속에서 피어난 고사성어들이 깊은 울림을
전해준다.

026 수면장애와 우울증

시미즈 데쓰오 지음 | 김수희 옮김 | 8,900원

우울증이 신호인 수면장애!
우울증의 조짐이나 증상을 수면장애와 관련지어 밝혀낸다. 우울증을
예방하기 위한 수면 개선이나 숙면법 등을 상세히 소개한다.

027 아이의 사회력

가도와키 아쓰시 지음 | 김수희 옮김 | 8,900원

아이들의 행복한 성장을 위한 교육법!
아이들 사이에서 타인에 대한 관심이 사라져가고 있다. 이에 「사람과
사람이 이어지고, 사회를 만들어나가는 힘」으로 「사회력」을 제시한다.

028 쑨원 -근대화의 기로-

후카마치 히데오 지음 | 박제이 옮김 | 9,800원

독재 지향의 민주주의자 쑨원!
쑨원, 그 남자가 꿈꾸었던 것은 민주인가, 독재인가? 신해혁명으로
중화민국을 탄생시킨 희대의 트릭스터 쑨원의 못다 이룬 꿈을 알아
본다.

029 중국사가 낳은 천재들

이나미 리쓰코 지음 | 이동철, 박은희 옮김 | 8,900원

중국 역사를 빛낸 56인의 천재들!
중국사를 빛낸 걸출한 재능과 독특한 캐릭터의 인물들을 연대순으로
살펴본다. 그들은 어떻게 중국사를 움직였는가?!

030 마르틴 루터 -성서에 생애를 바친 개혁자-
도쿠젠 요시카즈 지음 | 김진희 옮김 | 8,900원

성서의 '말'이 가리키는 진리를 추구하다!
성서의 '말'을 민중이 가슴으로 이해할 수 있도록 평생을 설파하며 종교개혁을 주도한 루터의 감동적인 여정이 펼쳐진다.

031 고민의 정체
가야마 리카 지음 | 김수희 옮김 | 8,900원

현대인의 고민을 깊게 들여다본다!
우리 인생에 밀접하게 연관된 다양한 요즘 고민들의 실례를 들며, 그 심층을 살펴본다. 고민을 고민으로 만들지 않을 방법에 대한 힌트를 얻을 수 있을 것이다.

032 나쓰메 소세키 평전
도가와 신스케 지음 | 김수희 옮김 | 9,800원

일본의 대문호 나쓰메 소세키!
나쓰메 소세키의 작품들이 오늘날에도 여전히 사람들의 마음을 매료시키는 이유는 무엇인가? 이 평전을 통해 나쓰메 소세키의 일생을 깊이 이해하게 되면서 그 답을 찾을 수 있을 것이다.

033 이슬람문화
이즈쓰 도시히코 지음 | 조영렬 옮김 | 8,900원

이슬람학의 세계적 권위가 들려주는 이야기!
거대한 이슬람 세계 구조를 지탱하는 종교 · 문화적 밑바탕을 파고들며, 이슬람 세계의 현실이 어떻게 움직이는지 이해한다.

034 아인슈타인의 생각
사토 후미타카 지음 | 김효진 옮김 | 8,900원

물리학계에 엄청난 파장을 몰고 왔던 인물!
아인슈타인의 일생과 생각을 따라가 보며 그가 개척한 우주의 새로운 지식에 대해 살펴본다.

035 음악의 기초
아쿠타가와 야스시 지음 | 김수희 옮김 | 9,800원

음악을 더욱 깊게 즐길 수 있다!
작곡가인 저자가 풍부한 경험을 바탕으로 음악의 기초에 대해 설명하는 특별한 음악 입문서이다.

036 우주와 별 이야기
하타나카 다케오 지음 | 김세원 옮김 | 9,800원

거대한 우주의 신비와 아름다움!
수많은 별들을 빛의 밝기, 거리, 구조 등 다양한 시점에서 해석하고 분류해 거대한 우주 진화의 비밀을 파헤쳐본다.

037 과학의 방법
나카야 우키치로 지음 | 김수희 옮김 | 9,800원

과학의 본질을 꿰뚫어본 과학론의 명저!
자연의 심오함과 과학의 한계를 명확히 짚어보며 과학이 오늘날의 모습으로 성장해온 궤도를 사유해본다.

038 교토
하야시야 다쓰사부로 지음 | 김효진 옮김

일본 역사학자의 진짜 교토 이야기!
천년 고도 교토의 발전사를 그 태동부터 지역을 중심으로 되돌아보며, 교토의 역사와 전통, 의의를 알아본다.

039 다윈의 생애
야스기 류이치 지음 | 박제이 옮김

다윈의 진솔한 모습을 담은 평전!
진화론을 향한 청년 다윈의 삶의 여정을 그려내며, 위대한 과학자가 걸어온 인간적인 발전을 보여준다.

040 일본 과학기술 총력전

야마모토 요시타카 지음 | 서의동 옮김

구로후네에서 후쿠시마 원전까지!
메이지 시대 이후 「과학기술 총력전 체제」가 이끌어온 근대 일본 150년. 그 역사의 명암을 되돌아본다.

041 밥 딜런

유아사 마나부 지음 | 김수희 옮김

시대를 노래했던 밥 딜런의 인생 이야기!
수많은 명곡으로 사람들을 매료시키면서도 항상 사람들의 이해를 초월해버린 밥 딜런. 그 인생의 발자취와 작품들의 궤적을 하나하나 짚어본다.

042 감자로 보는 세계사

야마모토 노리오 지음 | 김효진 옮김

인류 역사와 문명에 기여해온 감자!
감자가 걸어온 역사를 돌아보며, 미래에 감자가 어떤 역할을 할 수 있는지, 그 가능성도 아울러 살펴본다.

043 중국 5대 소설 삼국지연의 · 서유기 편

이나미 리쓰코 지음 | 장원철 옮김

중국 고전소설의 매력을 재발견하다!
중국 5대 소설로 꼽히는 고전 명작 『삼국지연의』와 『서유기』를 중국 문학의 전문가가 흥미롭게 안내한다.

IWANAMI 044

99세 하루 한마디

초판 1쇄 인쇄 2019년 9월 10일
초판 1쇄 발행 2019년 9월 15일

저자 : 무노 다케지
번역 : 김진희

펴낸이 : 이동섭
편집 : 이민규, 서찬웅, 탁승규
디자인 : 조세연, 백승주, 김현승
영업·마케팅 : 송정환
e-BOOK : 홍인표, 김영빈, 유재학, 최정수
관리 : 이윤미

㈜에이케이커뮤니케이션즈
등록 1996년 7월 9일(제302-1996-00026호)
주소 : 04002 서울 마포구 동교로 17안길 28, 2층
TEL : 02-702-7963~5 FAX : 02-702-7988
http://www.amusementkorea.co.kr

ISBN 979-11-274-2800-6 04830
ISBN 979-11-7024-600-8 04080

KYUUJUUKYUUSAI ICHINICHI ICHIGEN
by Takeji Muno
Copyright © 2013, 2016 by Daisaku Muno
First published 2013 by Iwanami Shoten, Publishers, Tokyo.
This Korean print form edition published 2019
by AK Communications, Inc., Seoul
by arrangement with Iwanami Shoten, Publishers, Tokyo.

이 도서의 국립중앙도서관 출판예정도서목록(CIP)은 서지정보유통지원시스템 홈페이지
(http://seoji.nl.go.kr)와 국가자료공동목록시스템(http://www.nl.go.kr/kolisnet)에서 이용
하실 수 있습니다. (CIP제어번호: CIP2019032235)

*잘못된 책은 구입한 곳에서 무료로 바꿔드립니다.